藍馬現代文學社出版

戲象

龍人
白勺
卡門
羈魂
易牧
許定銘
蘆葦

藍馬現代文學社

目次

管不住的意躍

——題序——

夕陽斜照的黃昏；一輛馬車打黃土路轢轢馳過，車後拖着長長的一陣濃塵。他立在路旁面着待落的殘陽，對那陣黃塵，他忽然有一種熟稔之感，但他是說不出所以然的，也許，他心中的塵也如是的濃，如是的濃……

——雲鶴：塵

a. 鬱的解剖

許定銘

跌落。夕陽自你睫眉間。風至，且携來一袖冷寂。

餘暉從簾外伸手進來。你好嗎？朋友。唉，怎樣才可以說是好呢？難道我也可以和好字共處麼？西窗的淚滴已能培植一株萬年青，那羣孩子又叫且笑的打屋前走過。你自窗往外望，有難耐的感覺，他們帶給你一些童年的殘餘回憶，和一些爛漫的感情。

外面的世界一如幻變不定的彩橋。你只能怯怯的在遠覰，在遙望。只能如此的看日昇。看月沒。看雲飛。看虹幻。看霞集。看星閃。

朝朝。夕夕。年年。月月。

你向前走，一、二、三、四、五。你向後退，一、二、三、四、五、六、七。唉！這就是我的世界了？你發怔。在輪子之上，我的天地原來就是這麼大的。這西窗。這牆。這門。這床。這桌。你苦痛地以手擊往椅背。這雙腿。這雙腿。自此，你只能把你的王國建築在這醜惡的輪椅上。你出生，然後等着被蓋棺，等着被立碑。我還有多少日子呢？

另一個世界的人的步伐在外响了。這是一枝敲响你靈魂的蠻鼓的小棒。他推開門把盛飯的盤子塞進來。晚飯。他冷冷的說。弟弟，求求你跟爸爸或嬸嬸說讓我出去，我已厭倦於這裡的一切。你幾乎想跪下來。哀憐着。

怎麼？我早就警告你別叫我弟弟，你配麼？是的，是的。我不配。我不配。弟弟，不，不……

你應首。泣不成聲。啃硬硬的冷飯。喝熱熱的開水。

那羣孩子又叫且笑的打窗外走過。你只能如此的愕愕地在遙守。在羨覻。外面的世界一如幻幻的雲彩，橫植在你蒼白的心中。你似乎期待什麼，又似乎什麼也期待不到。

你向左轉。以手推輪。你向右轉。以手推輪。一、二、三、四、五、六，這就是我的世界。

哦哦。錯却最後一渡的貝殼欲泣了。

b 夜、如此

易　牧

玄色膠合，襤褸的天際草率的綴敘起片片銀光，發霉的餅委屈的被棄入了棉絮中。

林木開始失去獨立的形狀。一片朦朧。朧朦一片。風掩掩而至，且搖落羣葉一季之寡意，山在虛無飄渺間。

轟隆。車來。轟隆。車去。吐出一些。吞入一些。時間已成一負累。

距離相約之時間尚早，我遂彳亍於此獨獨之亭子間，與欄外眩烱之霓色對飲。笑霞彩何其嬌羞，紅了一頰子。

潮思擠擠，恒在一起一伏間。想妳。想妳。

長針追逐短針，我知道妳就會到達的，妳從來都不會令我失望。會嗎？妳會嗎？我站在候車間，我睜大眼睛眺望可以到達的遠處。看着斜長的路軌看着時大時渺的綠車廂看着淡暗的花燈。妳就會來的。妳就會來的。

車來。車去。轟隆轟隆的，轟隆轟隆的。我依舊固執的在等妳，等妳一躍一躍的紅裙，等妳動聽的絮語，等妳閃亮的星色。雖然時間已過，妳從來都不會令我失望的，不會令我失望的。會嗎？妳會嗎？

搓碎一朵野菊。說不出爲什麼的，牆壁上排列着顆顆血紅的眼睛。有點霧。冷啊，好冷。不，冷的是心，我的心怎麼了？數數。一根草二根草三根草四根草。林木都失去了獨立的個性，一片朦朧朧朦一片，夜是降臨降臨了。

時間已經過得很遠遠。妳是不會來的了。妳從來都不會令我失望的。但妳沒有來。沒有。我不知爲什麽的搓碎一朵野菊。野菊多的是，搓碎了可以再採再植。但妳沒來一次就令我受得很够的了。

風迎我。風送我。妳是不會來的了。我乘孤獨而去。潮思擠擠。不能盛之以瓶。不能度之以掌。問號之後亦是問號。爲什麽您不來？不要問明白。

想想別的吧？試試數數一根二根草。有點霧。想您。怎的？又想您。想想別的吧，怎的？又想妳。

夜，如此

季節之構成

易　牧

a. 六月、雨之踪影仍渺

六月，串成夏天的季節，屬於雨天的日子。

然而，六月快將過去，雨季仍未來臨。雨之影踪依舊渺茫得很。沒有風，此刻的風總是懶洋洋的。

沒有雲，此刻的雲總是結集不在一起的。更沒有雨。舉長長的脚的雨，揚纖纖的手的雨，雨在何方。

苦旱。苦旱。苦旱。日子的鹽量加重。

陽光如暴戾的山洪，竟終日淹炙此城，以不可收拾的熱力。千度之熱。萬度之熱。温度計騰沸到極點。冒熱氣的柏油路宣佈開始溶化，草木因長久的亢乾，已一一的低首下垂。耀七色的海也不再揚波。豆大的汗珠滴下，自無助的人們底額上。身上。

這實在是一段難耐的日子。沒有風。沒有雲。更沒有雨。空氣凝結而沉重，死寂寂的全沒有一絲一毫的動躍。苦熱，沒有人透得過氣來，連夢也是枯萎而又枯萎的。

乃想起六月。去年的六月。六月的色彩。六月的聲音。六月的明暗。

乃想起六月。去年的六月。六月的風。六月的雲。六月的雨。

雨。雨。雨。雨在何方。

雨不在此城。雨不在此地。久候之雨季仍未降臨，雖然六月已過。

雨在何方。求雨者心裡遂有一份難抑制的灼焦升起。初是祈求，繼而咒詛。最後竟則絕望地大聲的呼喊。問天，天不聞。問地，地不語。衆神默默。

屋脊寂寂。牖牕寂寂。庭堦寂寂。當雨之踪影仍渺。揚纖纖手的雨。舉長長脚的雨。

傘是被褱者，傘之黃金時代失落。其已被善忘的人們廢棄在應該活躍的季節裡。

烈日仍當空。雨季還未來臨。水塘之食水存量與人們的驚懼心情作長久的爭持。企圖掙出苦旱之記憶中，人之智理迷亂，竟以無箭之弓作一徒然射日之姿。於六月。沒有風雨的六月。

b. 夏天的故事

卡 門

（一）

看倦了，春天的花朵。紫紅的杜鵑，鮮麗的鬱金香，嬌艷的牡丹；多姿的長春籐，以及，那粉紅色的康乃馨……都相繼的萎謝了，如同春天的消逝。

（二）

夏，一位跟隨春天而來的繼位者，那是魅力的陽光領他而來。他來了，帶同一份充滿熱力的情懷。他的情懷能使社會煥然一新，能使窮人可以在陽光的照射下，昂首步過，能使樂水的人兒得到一份恣意的時光。

（三）

夏裝，是廿世紀青年所注意的；身材偉岸的男子，改穿了輕便鮮艷的T恤，以示出肌肉的健美；那愛時髦的女士，也換上了貼身露臂的彩衣，冀希吸引行人的注目。因爲，夏天，只有夏天才能有這麼的一個大出風頭的機會。

社會的繁榮，時代的吹向，太陽已成爲夏天最佳裝飾物。也許，可以算是夏季的特徵。

（四）

田野，雀鳥斷續的在叫鳴，薰風，輕逸的吹送着，來自南方。陽光下的黃土是一片烱亮。只有草木才是一種灼人眼目的鮮綠。

牛，被太陽晒得累了，躲在樹下悠然自得的不停地用牠靈活的尾巴與金頭的烏蠅嬉戲。看牛的童子們，則愉快的或在田間奔走，或互擲泥頭尋樂，或在塘邊捉蝦，或哼着悅耳的不成調的山歌，盡情地沉醉在大自然的懷抱中。

炎炎夏午，萬物都被驕陽逼壓得抬不起頭來。勤勞的農夫們也不得不停止了耕作，而三三兩兩的坐在樹網下納涼。他們多數赤裸了上身，一面天南地北的在胡扯着，一面則手裡拿着濶大的竹帽沒命的在搖着。但悶人的燥熱依舊結集在一起，並沒有半點的縮退。

蟬總是婆婆媽媽的永不覺煩厭的扯破喉嚨在吵鬧，當遠遠近近的風景事物都在烈陽的困錮中。

（五）

海，長年的與沙灘相伴。沙灘，這是消暑的好去處。

在羣木的遮蔽下，喜作攻打「四方城」的壯士們總愛在此圍坐。然後沽去一個下午。淋浴在烈光下的人們底皮膚且炙着金古銅的顏色。

孩子們則總愛在沙灘上拾取美麗的貝殼，那富有藝術或帶色彩的寶物，他們携回家中珍藏着，然後向朋友覆述那永說不厭的快樂的逸事。

樂水的健兒，可以毫無拘束的投身於悠悠的綠波中。海水凉凍凍的，使人有一種說不出的滋味，而且，更可以駕一葉輕舟，隨波逐流而去。

讓我們高歌，讓我們狂舞，集一季之花色於瞳，擷滿園之山色於袖。

碼頭感覺

許定銘

(A)今夜、今夜

踉蹌着從暖座跳起
突想起明晨的航行，六時卅分
呃，啤酒。呃，擺擺小野貓
明晨好遠呵，呃，東方之珠，惠靈頓
——沉甸：港灣的憂鬱
星星，擷那一串星星掛在你的額上。那最大的一顆呢。吻呵。這是給你的。印在額上，深深地刻在心板。

牽着。這友誼會帶你上去，告訴你我的形像。

默默。無語。

擷下那顆最大的明星。

（——兒呵，給我信哪。

——大哥，帶着鬍子接你。

——等你，等你。）

——怎麽？你不下注？也逛逛呵。羅馬。巴黎。紐約。倫敦。台北。

不。我不。你去吧。我擷那顆星。

冰心，留着張張的紙。你蘊藏着縷縷熱情，我懷着片片鄉愁。

高歌呵。水手。

誰發明海輪。撒旦。撒旦。

哈里路亞。誰發明長途電話。

梅梅。告訴我今夜有妳節目？今夜。

（B）市夜

撒下夜網。亞波羅淒然遠去。

霓虹管擠眉弄眼。

肩碰肩。不開口。勾心鬥角。鞋踏鞋。不開口。勾心鬥角。蒙上陰影，呼吸換上呼吸，人潮洶湧。

紳士淑女。莘莘學子。少男少女。老夫老妻。翩翩，你的形像。枯葉相擁，起舞。

——買呵，很便宜的。先生。太太。少爺。小姐。嚷呵，喉頭抗議。走，你還不走，無牌小販。紳士淑女，走。莘莘學子，走。少男少女，走。老夫老妻，走。無牌小販，走。警察，走。爲歡樂，走。求學，走。生活，走。十塊錢，走。吃飯，走。責任，走。

叫聲，大聲的叫。紳士淑女，歡呼。莘莘學子，喃喃。少男少女，樂和怒。笑容可躬。孩子，笑。少男少女，笑。老板，笑。聖誕老人，笑。老夫老妻，笑。水手，笑。妳也笑。站在燈下。凄然的笑。虛僞的笑。悲慘的笑，狂妄的笑。無血色的笑，無歡樂的笑。落淚的笑。出賣的笑。陰險的笑。

吁，呼一口氣。不再肩碰肩，不再勾心鬥角。——嗳，來坐，問問你的明天。水晶球告訴我，明天太陽不起來。你走，你走呵。

夜色如墨。

………。

(C)天何不仁

白勺

在街上邊行邊食冰條的日子過去了。那可隨意地放聲號哭的日子過去了。那不知世事，不知有所遠慮近憂的日子過去了。不停留地過去，就更非懺悔與追憶可呼喚回來。

那終日嬉玩，與人無爭的時刻過去了。那可昂頭濶步上天國的孩童時代過去了。那人見人愛的日子永不再回來。

目前的日子必將過去，歡樂的日子如流星掠過，苦難却不時熬煎着，侵蝕我底心。將來的日子也必在我們準備妥當前來到，而又過去。……而世俗却不許可我們爲這流淚，不容許我們呼喚。

(上天的安排竟是如此冰冷：將歡樂排在前頭，使我們不知珍惜，任意浪拋；而將苦難放在後端，讓我們嘗透艱苦，磨折而下淚，而痛悔，而回憶，而茫然，而無可補救。)

唉；人生下來就一直走向墳墓………造物爲什麼這樣殘酷。……而人類更互相吞噬，迫使我們的步履更快，于是我們隨從着最多人跑的路，拚命的往前擠，我們以爲這終極是天堂，到頭來却發見是深淵，猛回頭，預備將自己所積聚的經驗，將悲慘的事實公之于世，使後人有以爲鑑，却爲後至的人擠下去，掉下去。

漁父不了解屈原，不明白屈原肩負萬世之深憂。屈原羨慕漁父，但不明白退而結網的意義。而滄浪之水依舊長流。

屈原問天，天不語；于是縱身跳下汨羅江去；而江水依舊長流。年年月月日日；人類掙扎，掙扎。依舊徒然。

此乃天意，非人力所能回，夫復何言。

（D）一九六四

四季以前。

或許是兩個，三個冬天以前。

我雖已不再號哭低咽；但仍有淚，淚流于子夜更闌，萬籟俱寂。淚流于夢中的悲。——于是枕畔濕透了。——這是發洩。

以後，淚腺不知何時枯竭了。

但我仍有可悲，仍有發洩的意欲，但已改變了形式。

以後，我默默的承受了狂妄的言詞，無恥的謊話，非人性的作爲。——在以前；不論是否加諸我身上，都是我所不能忍受的。

（甘地說：「寬恕愚昧人的錯誤」）

我默默的去充實自己，默默的去感化他人，默默的去向外力挑戰。然而對一切龐大制度的壓力，只好默默的承受它。

（××說：「你要改變它；首先得洞察了解它，進入它。」）

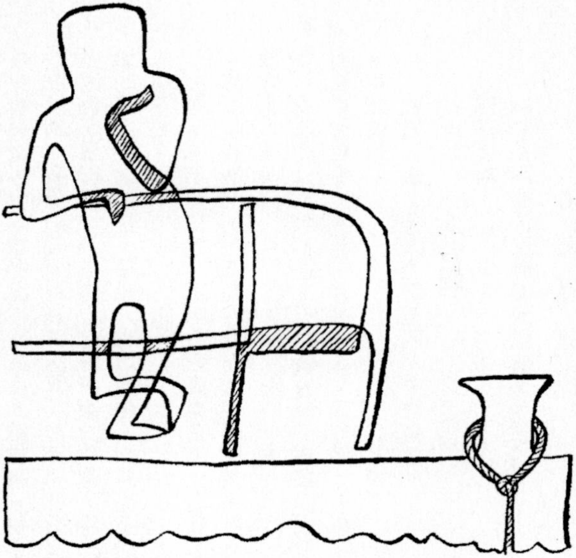

一二

我不相信神，如果神確實存在的話；神是個妥協主義者；他跟魔鬼立了約，靜悄悄的出賣了世界。

我存在于這世界，我面對着魔鬼，我默默的說：「我向你挑戰。」

五月中旬的屠宰季將到，局限于能力；我將無能逃避，好友們，希望在對你們底神的禱告上添上對我的祝福。

一年之始，我仍重覆的告訴你們，我不相信神。我仍堅立着向魔鬼挑戰。某時我也許會輕聲嘆息；但不要以爲我會倒下去。因我有自信。

若我眞的倒下去，好友們，緊記扶起我。

鬱之花

龍人

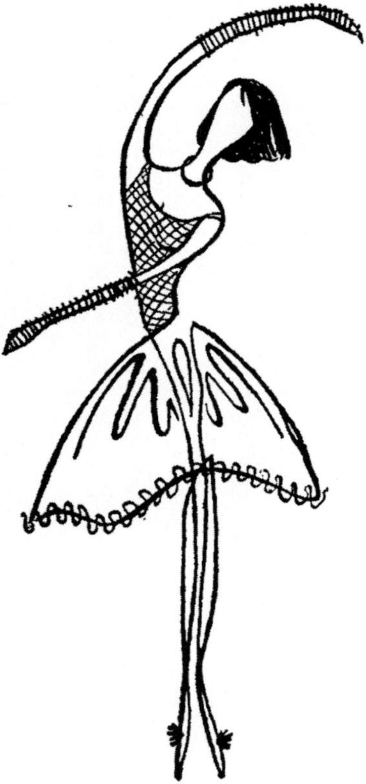

我不知怎樣走

劉象

矮矮胖胖的少女，撐着把紅傘子，腫擁地拖着紅裙子過街去了。

一個頭戴着雨帽，穿着灰色的雨褸，雨靴，高高瘦瘦的身子，被風吹的疾步搖過去了。

…………………

我不知應該走向那邊，太子道的花園洋房，像走馬燈一閃一閃暈眩了我，弄得我心中也不耐煩起來：男的，女的，雌的，雄的，陰的，陽的……不曉得爲甚麽也看不淸了，倒是耳子內，糢糢糊糊，響起了密密雜雜的回音，回音，回音……。

「卓文，卓文，雨大呀！你要去那裏？」

我要去那裏？

是哪！我要去那裏？

「卓文，人人都說你生來够福氣！抗戰避難時，放在山溝內哭，幸好被我拾來養。」

一生出來不久，便被親父母丟了，還算夠福氣？也許我是親父母的累贅，也許我命中注定是棄嬰，也許我眞的是福氣，才不讓那狠心的親父母餵老虎去了。

音，音，數不盡的雜音，跳入我底腦海中，一剎那，彷彿那川流的不息，塞着石頭的活水，只要一拉開縫兒，思音會似瀑布嘩啦嘩啦瀉下來。

「唸書，唸下去，才有好日子過。這輩子，祇有你我相依爲命，我老了，不指望你使我享福。好好唸下……。」

大街道又走盡了，脚步跟着脚步，一排排的洋樓在倒退着；我的頭逼向前，二條腿，却不由自主地走回家，走入近啓德機場的一座舊樓中。

走上三樓，一級一級地爬上去。

×× ××

人生的路，是遙遠的，是需要一級再一級爬上去的。想到養母一邊拿人家的衣服回來洗，一邊釘着塑膠珠，我的心裏就厭惡極了，恨不得有一日，有發達的一日，不讓她受苦。哼！感激有甚麼用？活受罪！多我一個喫飯，不是使她多捱一次餓嗎？

「卓文，無論怎樣，你也要完成大學的……。」

養母的話，就像釘塑膠珠般吃力，一字一字喘出來。如果她的話變成串串的珍珠，我會多快活！可惜它永遠是塑膠珠，不值錢的塑膠珠，窮人串成的血珠。

我會拿血珠去換取一張大學文憑嗎？

爲甚麽每當我想起養母在釘塑膠珠，會拿珍珠來和塑膠珠相比？拿珍珠來衡量她的教訓？

××　　××

木級的盡頭，是三樓。

我倨傲中帶點自卑，鑽入一扇窄門內。心中十分不高興，混帳！我痛恨貧窮，痛恨由貧窮生出來的慾望，它令我常常血液狂奔狂流，令我氣息快要靜窒，令我幾乎不想活下去。我更痛恨那彷彿貴族設備的學校、洋樓、汽車……不過我一直把慾和望埋在心內最密的地方，不表露出來。

第一眼，我見到一個婦人的背影。

第二眼，我見到更多更多的婦人，孩子，老人在忙碌着。

第三眼，我的眼中似乎只有第一眼的婦人底背影。深藍色的唐衫褲，矮矮瘦瘦的；正和鄰人，同屋的住客，舉高手釘着塑膠珠。

「媽，」

我機械式叫了一聲：手上的黑雨傘，雨點垂下來，染滿了地磚一大片。

「雨天又要出去，難道你不能在家看書嗎？」

「讀甚麼鬼書，不讀了。」我順手拏幾串膠珠，訥訥地說：「再讀下去，我會弄壞妳。媽，妳身子不好，我已這樣大了……。」

我再抬起頭來，無意中發覺養母的白頭髮更多了，我又嘆了口氣。

「卓文，好孩子，難日子我們已捱過不少，多幾年我們仍可以度過，去讀書吧！」

×× ××

記得我拿了大學文憑時，我的老師曾在紀念冊上，爲我題下幾句話：

「人生像缺了角的圓。

不抓住南北目標，你永遠找不到方向往那裏行。」

每個人都有生命的理想，但我感到理想的實現，必需在肚皮安飽之後。香港人士都很現實，當然我也不例外。古人說書中自有黃金屋，書中自有顏如玉，怪不得人人都那末拚命追求資格——一紙文憑，便可以斷定一個人的前途嗎？

是的。否則養母不會用一血一汗，來栽培我。否則同屋的人不會那末羨慕我的四方帽子。

大學生嘛！

可惜我只是一個「××大學」的畢業生，不是「××大學」出來的大學生。

在學院內，我唸的是理科，吃香的理科。滿以爲出來，便可以讓養母食一頓安樂飯；誰知香港這地方，是專講人事的地方。要不然，履歷書寄出去，見了「××大學」的學生，那裏有我的份兒？我既然無「後台」撐腰；香港的人，眼光勢利的可怕，東波西奔，走了很久，還是找不到一份滿意的職業。

幾間大報的廣告也找遍了，既然不得要領，心裡總會鬱鬱不樂。

遇到同屋的人，也不知是有意或無意，圍在一起穿塑膠珠時，不時好心般問：「阿文，要到那裡發達啊！」

不然的話，便用幾聲乾笑，對養母說：「你阿文這孩子的快要賺錢了，你要好命了。」

我總是苦笑着。這不能怪他們，誰不知道，現在的讀書目的，是爲了肚皮，爲了生存呢？但有誰會相信，連一個大學畢業生，也那末難找一份職業呢？

他聳聳肩，再拿起今日的廣告，圈了幾圈，準備出去再碰碰機會。

機會！機會！把握它！

這是現實。這是生活。這是肚皮。這是讀書。

他走出那扉窄門；人生的道路，不是一直寬濶的。只要有機會，必要抓住它。

他依稀又唸着他底老師的話：

「人生像缺了角的圓。

不抓住南北目標，你永遠找不到方向往那裏行。」

…………………

一個穿着白衫，黑褲的年輕人走過街去了。

汽車飛過了。

他走着，雖然不知怎樣走，還是要走，走人的路。抓住了南北目標，向前走。

走遙遠的人生道路……。

可愛的手

畫室內的傢俬，擺的眞整齊和乾淨，不像那些從事藝術創作的場所。如果要吹毛求疵的話，放在枱旁約三吋左右的畫具，七橫八倒；畫架上的顏色筆，本是叠的好好看看，現在却飛到枱上，蠻神氣的。

筆不會無端端飛到枱上，靠着枱的一列沙發，正斜坐着個看來挺結實的年青人。兩隻手，有時玩弄着筆，有時却夾着枝香烟，伸長脚靠在沙發背上假想。

噴出來的烟，輕輕巧巧，是一個身段窈窕，皮膚黑紅黑紅的健康少女。

她來了，來了。

「啊！阿桃，妳的手很漂亮！我所見的，最漂亮可愛的一雙。妳自己知道嗎？」

他怔怔的凝視着她，似乎要從她的神色，探索出一點深刻的印象，畫出深刻的美。

「你……」阿桃的眼也望着他。

「我的模特兒中，最漂亮的手是妳！懂嗎？」他再次說一遍。才帶着興奮的語氣，拍拍她那狹小的肩膊：「多柔潤的手，多纖幼的手我都看過，就是沒有妳這雙可愛！」

阿桃更加羞澀的低下頭，忍不住定睛望望那雙手，又抬起頭來，壓低聲音：「李先生，不要笑我。這雙手，連我都難爲情，又粗又糙，那裡及得上高貴人家的手呢？」

「不，那些所謂高貴人家的手，好像廢物，雖然柔滑白皙，那裡及得上你呢？又有用又不白生。」他故意模倣她的口吻，很風趣的解除她底不安情緒。

她再次忸怩地低下頭。平直的頭髮，短短的掛在頸上；淺綠色的新裙子，浮有幾朵白花，像在跳躍着。

「阿桃，阿桃……。」

阿桃的身體，縮成一溜烟走了。

「這枝烟多令人留戀！」他聳聳肩，無聊地笑了笑，脚已站起來：「去問老陳，看阿桃是那裡來的？」

他是唸藝術系的，家中很富有。也許因爲他是三兄弟中最年幼的一個，父母都縱寵着他，不過他並無時下青年的壞風氣；他愛藝術，認爲只有在眞實環境中追求的藝術品，才是最可貴的思想結晶。

「對，去問老陳！」

他順手拿起電話聽筒，撥了幾撥，電話通了。

「喂！明輝嗎，我是新民。」

「老李，我介紹的模特兒，是不是太糟了？下次再介紹一個更好的，大家老朋友……。」

「不是太糟，好極了，完全是一個有血有肉有氣有味有性有……。」

「那末多有氣有味，看我的老同學不要被愛神射中了，當心，竹門對木門，老頭子不斬你的頭才怪！」

「老陳，閒話少說，一會兒來我家，請你飲茶，有時間沒有？」

「有，有，民以食爲天，何況是老兄請客，馬上來，預備豐富點，馬上到。」

電話又轟轟地叫一聲，他又坐回先前的沙發上，再點上一枝烟。

烟裊裊地上昇着彷彿那是一個神秘的女孩子，十六、七歲，本是上學的時期却來做人家的模特兒。

「妳的名字叫阿桃，唔？」他仔仔細細端詳這位來客。女孩子穿上半新半舊的粗布衫褲，眼睛很大，在黑紅黑紅的面皮上，顯得有靈氣。

「陳先生說你要一位臨時模特兒，我不知可以充當嗎？」她拿出老陳的介紹書。

「當然可以，可以。」

他想到出神，不料煙熏到他的手指，才將他的神經，拉到現實中。

他的眼睛又落到筆上。

「這枝筆，必需好好刻劃，才不辜負別人，也不辜負自己。」他很有耐性的拉着筆弓，放在畫板上，油着旁邊的底色，修飾着面部的線條。

「這雙手，總沒有眞實感！」

倏地他站起來，踱着方步：「手部的線條，如果太柔和了，就不像一個操作慣的勞動者那雙手；穿起裙子，又像個女學生。不，這張畫還是不好，塗了它，再畫那個第一次見臉的印象，自然的印象……。」

腦子內總是像被塞的。直到有人按了門鈴，他才想起老陳——風趣，幽默的大孩子，大概已來了。

開了門，果然是笑口常開的老陳。未進門已經大聲喊着：「老李，點心豐富嗎？家內一個人都沒有？」

「怎會沒有？我不是人嗎？」李新民拍拍老陳的肩膊，點着一枝烟，用慣常的姿態，說：「你怎會介紹阿桃來？」

「幹嗎？向我盤問阿桃的底。老兄，不是我說你，對阿桃這種人，何必問呢？」

「你知道，職業性的美麗模特兒，我見到膩了，阿桃的樸實，對於我的素描，尤其心理的刻劃，特別適合；現在我發現了這個可愛的人，就不能不問問了。」

「阿桃本是女僕。」

「咔！女僕？」李新民的烟跌下來：「不像呀！」

「做了半年，家中的負擔重；我家的阿三，便托我幫她賺點外快。阿桃的兄弟姐妹多，不想說了，那些事，不是我親耳聽來，也不會相信……。」

「那有甚麼法子！窮人家，命根却是一樣！」李新民輕渺地說：「要是我，孩子只要二個。」

「你是天主教徒，不能節育的。」

「難道節育是犯罪嗎？生命既然未形成，消滅它就不算不應該，何況孩子多，教養也不容易，我決不想我的下一代，無受教育，做流氓，做無用的人，做……。」

「老李，等你做了人家的丈夫，才實踐吧！不過阿桃不同你，她的父母又有病，不能不出來找碗飯餬口那裏像你這樣，喜歡時畫二筆，不喜歡時大發謬論。」

「你說環境的不同，會不會養成不同的性格？比如我和阿桃，性格是不是各有不同呢？」

「我的藝術家！怎考起我了？」老陳爽朗地笑了幾聲，用眼光掃一下房內的環境，才慢慢說：「讓阿桃做了這裡的女主人，她的性格說不定也會轉變的。」

「別笑話，我對阿桃並無他想。」

「是因爲木門和竹門不相配的緣故？」

「不，如果我愛她，我不計較她的家世。啊！老陳，你太敏感了，一個男人對一個女人產生興趣，未必就是愛情。好像我對藝術一樣，興趣深了，自然有感情，有愛惜的感情。感情有很多很多種，並不限於兩性之間。」

「對！阿桃是頂可愛的，怪不得你對她有興趣。我想你最愛她的臉部的端正五官，苗條的身段……。」

「不，你又猜錯了，我認爲她的手最可愛！」

「老李，別發傻了，她整日做這做那，那裡有雙可愛的手？」

「許多人都和你一樣，以爲最可愛的手，是浸在牛奶內保養得好的手；我們却是學藝術的，應該覺得，依靠自己的一雙手，創造出來的人生是最幸福，最可貴，最可愛的；替人僱工，那雙手更是可愛可敬！」

「可愛可敬！」

（用自己的手，創造出幸福的未來吧！我衷心地和大家共勉。）

我要衝

顚倒，
　倒顚，
瞅！小粉蝶淌着汗水，
　白翼兒撲天；
　不畏雨，雙雙，
　二、四、六……
前進，
　進前，
這裏是綠，那裡是綠，
　綠，綠，綠，
都是綠
折掉心房內靠着灰樓，喂喂！喂！
衝向綠，
綠，綠，綠。
夢幻，
　幻夢，
天宇的綠林是夢，是幻，
　不是夢，不是幻，
是上帝的道路、眞理、生命：
　永遠。綠色。

上帝

劉象

綠色。永遠。
美麗的謊言。
謊言的美麗。
　幻夢，
夢幻。
祈禱，上帝呀！
太極拳別推向失意的生物；
用天秤，
載去世界的愁與苦。
用算盤，
剔去凡間的貧與賤。
用炮彈，
轟去宇宙的罪與惡。

上帝呀！
爲甚麽弱者永遠是弱者？
爲甚麽小粉蝶永遠是小粉蝶？
怕雨，
怕惡勢力；
上帝啊！賜靈，力，
給小粉蝶，
給我，
撲向雨……
衝破惡勢力，衝……

（寫於六四、八、六、黎明、祈禱詩。）

註：小粉蝶本是畏雨的，前段作幻想化寫出。

昏燈集

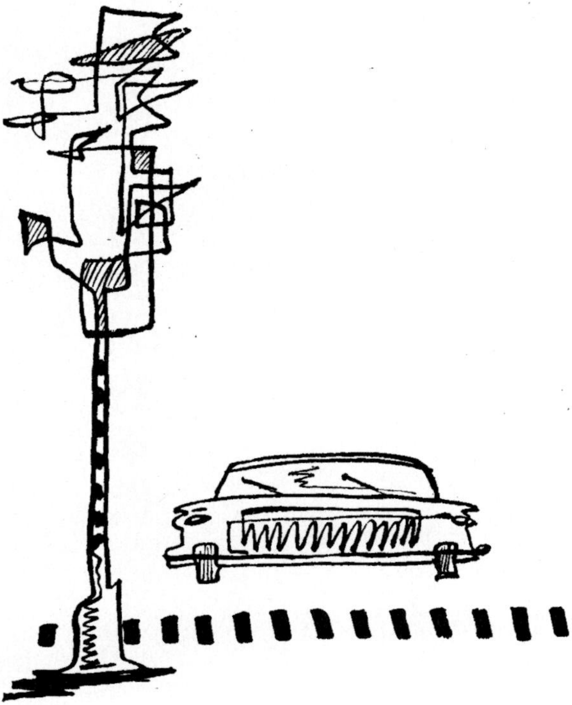

白勺

屬於年青人的苦悶的年代

劉象

我走進那座升降機，然後猛力的推上鐵閘，看自動門緩緩的關密，於是感受到兩秒鐘的凌空快意。

我再一次掃視這站立的空間，有着一份無比的空洞，我用力踏了下面一記；驟然，這空間猛力的震盪，有聲音發出再自頭頂上消失，我感覺到有氣體從這空間逸去，有更多的流體從四方八面進迫，充塞滿空間——我的感覺起於在抗拒一份不尋常的壓力。

……，我凝視着眼前的形象，用利刃指向他的胸窩，然後掠奪去他身上花花綠綠的一切，他眼中流露出恐懼，或因他所見我底獰笑，於是迅速地從我的天地將他逐出；推上鐵閘，讓門緩緩的關密，在門已合成一條縫的剎那，有聲浪假這長條形的罅隙傳進；接着，有笑聲自我口中傳出，當我奇怪這笑聲來源之同時，一陣凌空快意再度擁上；……

等速運動陡然停止下來，破壞了我這激動的遐想；中途截停升降機的那人胡疑的望我一眼，匆匆的走出升降機，在遠處再偷偷的回頭望我。

躑躅在街上，街燈的亮光帶來滿街的凄清。今夜，天上有明朗的月兒懸掛，但不能在這裡顯出她的光輝。地上，吹着强烈的風沙，背風的地方，有幾個婦人懷着目的在等待，我不用分析也曉得她們是在等待着接洽一宗宗的買賣。（朋友，這就叫做買賣；是嗎？）風沙撲面襲來，有幾粒敲擊了我的眼鏡，然後墜下。這眼鏡應該是經得起考驗的。我的頭髮被風吹送而揚起，飄搖在夜空中。

有兩個孩子，搖擺着，互依着迎面而來。

同樣的衣服；破舊的飛機恤，褪了色的藍布褲，灰黑色的白布鞋。相似的臉孔；陸軍裝的頭髮。但迷茫的目光安置在孩童的臉上是多麽不調協。

我問：「孩子，你的母親在那裡？」較大的那孩子眼睛閃爍着，但沒有回答。

「孩子，你的家在那裡？」孩子的小手指向路的盡頭，那盡頭是一片漆黑，在那山之隅，上面住着一些貧苦人家。

我扶持着兩個孩子往前行，就任狂風在背後咆哮，我原是無目的的遊蕩，如今却有一項責任作為依歸，我是應該感到滿足了。我們就行進黑暗，讓月華淡淡的照耀我們的行程。

忽而，像黑暗吞噬了一切；我向天舉目，月亮為一塊浮雲所遮蔽；於是我們緊緊的依附着，等候那片流雲的過去。

星光下

戮象

房子有一個大窗，可惜面北，冬季寒風凜烈，非關上窗總不能入睡；夏日却連一絲風也沒有；在火毒陽光的曝晒下，每天放學回家，便發覺床是熱的，枱子是灼手的，連壺內日前的冷開水也是微溫的，好一個焗爐子。相信用顯微鏡去搜索，亦不容易發現到生存的小生物。每每入夜後，石棉瓦的蘊藏熱仍不斷蒸發，坐在屋內自然便感到渾噩難耐了。夏天到了，爲了睡得舒適些，祇好每晚都提起帆布牀，帶兩本書到曠地去露宿。

藉不遠雜貨店的「大光燈」看書，人家關店、我也就將書擱在枕下，準備睡覺。睡前，總禁不住而去胡思亂想………。

昨夜的天空異常明朗，星斗綴滿天宇，涼風疾疾吹拂，浮雲在灰藍色的天幕下隨風吹動，自東而西，一隊隊的，於是我神往了……一股舊夢重溫的快樂在我心頭滋長。………

童年。

草地。

天際的浮雲。

天際的變幻。

夜空的閃爍亮星。

皎潔的明月。

發毛的月暈。

………我又一次凝視這生疏了的熟悉，睜大眼睛，於是我發現一顆與衆不同的，特別光亮的大星，在視綫的微偏東北上方。今朝問婆婆，這是叫什麼名字；婆婆說：「不是『長庚』就是『啓明』了，這是最亮的兩顆。」她問昨夜睡得可好；我告訴她好。實在昨夜我想了很多，失眠了。

首先我想到了雲，自何處來？往那裡去？我想，九龍不過是個突出洋面的半島，雲若循直綫移動，必是來自海洋，亦是向大洋飄去。我不知道星月爭輝下的海洋怎樣，從雲端去看海洋又怎樣。——因我遊歷體驗是如斯貧乏，除了故鄉的山林田畝，樸素的縣城及現在所居住的香港，就從未到過那裡。——我想若仍容許我存有靈性的話，我多願意化爲一朵雲彩，這將怎樣快活——傲然往來，俯視宇宙。但可憐得很，我理智得竟連這樣的夢也不敢發。

隨後我想起了徐志摩的「偶然」，我輕輕的念着：

「我是天空的一片雲
偶而投影在你心中
………………
你記得也好
最好妳忘掉………」

我在人前從不敢念這首詩，因「她」代表着無目的的隨意放蕩和不負責任；但私下就告訴自己，責任太繁重了，拘束太嚴厲了；終日負上責任的枷鎖，如浪子的我是吃不消了。我可以不顧衞道，不理會虛僞的道德；但却不能違背自己的良心！是的，在合乎良心的情形下卸下責任多好……。想着，我就輕哼起『偶然』來。

由『偶然』我想及那終日想飛的徐志摩，那高呼世上容不了愛的徐志摩；是否徐志摩先生太浪漫呢？我想不，而是他太熱愛人生、太注重純粹理想、太信任人了。當他發現愛的施予乞求不到一點愛的回應；詩人為他的天眞痛哭了；他的信任破產、他的熱誠失落了。我相信太大的失望造成反叛性的徐志摩。

（徐先生是卅多歲就離世的，是因飛機撞山而死的，這多麼神奇，多麼富於哲學色彩啊，我想。僅三十多歲就辭世而去，多麼可惜？我忽又記起早死的大詩人雪萊來；難道天確屬嫉才者嗎？）

昨夜想到這裡，我就昏昏入睡了。不知過了多久，忽又驚醒過來。……周圍黑壓壓的，星星依舊懸掛在原來的位置，一閃一閃在眨的星眼把我的睡意驅走了。我坐起，發覺滿天都是星星在眨動，內心不期然興起一個數數她們的念頭，但立即被自己制止了。……

童年。

故鄉。

星夜。

草地。

那時還未有白髮的婆婆告誡過我：『孩子，不要傻得去數星星，數不盡就會死的……』我不聽話，有一晚我數了；也不知數到多少，我支持不來，跟着我目眩、我頭暈了。我叫：『婆婆……婆婆……』她過來撫我的額說：「孩子，着涼了，額上有些發燒……。」……我病了，在床上躺了整整一星期，夜裡也不知發了多少惡夢……。想着，想着，趕緊低下頭，心裡『撲撲』在跳。……
……是的，從那時起，我就怕仰首，怕看星星，怕會引起數數她們的意念，怕這意念害苦了我……。

合上眼，又睜開眼，那顆大星依然在閃爍……。
之後，我睡着了，朦朧間，有風吹過。

我將有所動作

藍天　白雲
白雲悠悠
那來自別的宇宙億萬光年的光
透過白雲　閃爍　閃爍
遠山靜默
山上的草木癡呆
我祈望風
風會給我帶來：隱約的波濤
我將有所動作

遠處的林嘯
若
白雲在奔馳
雲影在動
我就慶幸那億萬光年前的宇宙光無所依附
遠山的樹木在搖盪
我的心脉跳得更响
……………………

劉象

睡意頻頻催促的那夜

大廳的魚尾古老大鐘敲過十二吓；接着，電台的完場曲奏起了，帶着催眠的因子。——但當尾聲在空氣中消逝，我底睡意亦隨即消失。

四週回復一片死寂，鄰房有囈語發出，超越這黑暗的空間，傳至。偶然，有低聲談話通過無法隔離的介質；我的睡意無能與這些天籟抗衡；雖然，我不時提醒自己，明天還得早起，還要回校上課。

「鈴——」，鈴……」

還有誰這樣晚才回來嗎？是誰，會不會是自己的錯覺，停下來！不要想了！睡覺吧——。

「得！」走廊中的電燈亮了。我睜開眼睛，跟着又閉上了，我感到目眩，但最後，又睜開了。——好像若不打開眼睛，就聽不到走廊傳來的對話。

「這麼晚，上那兒來呢？」

「在朋友家裡坐夜了。」

「謝謝，騷擾你啦。」

「不用介意。」

………………

一面聽着這含糊無意識的對話，我無聊得想笑。另一方面，我全神凝視着天花板，那釘在黏着天花板那木頭上的燈掣牽着四條粗黑色的電線，其淡淡的影子以燈掣爲中心，沿天花板平面向四周放射。

「得！」走廊的電燈熄了。眼睛感到不慣的昏黑，一切復歸於烏有。

遠處有短波收音機聲浪若斷若續飄來，携來一份樸素，（是香港的電台所沒有的）有誰爲此純樸吸引而不眠？

街上，間中有車輛疾馳而過，大多是回廠的巴士，輪胎與地面磨擦的聲音把它那空洞的車廂暴露了。——車廂內仍應存留有陣陣腥臭氣味，祇因它剛將最後一批沙甸魚卸下未久。

大鐘經多於三秒的羅旋急轉後，重重敲了一吓，我精神竭力支持下的淸醒瓦解了。秒擺「的得，的得……」的在響，我睡意更濃，我將進入黑甜境界……

「隆隆！」又爲飛馳中被拋離地面的空車廂驚醒了。啊！原來我的心仍在跳動，而且跳動得這麽快；爲什麽原先不察覺呢？

我坐起，拉床沿的薄被單蓋好，再睡下；思維體系全綫崩潰了。今夜不冷，但蓋上象微式的被褥，我將睡得更安靜；若有夢，也希望夢得更美。

昏燈散章

劉象

(一)攀登

星期天是遊蕩的日子；越過山脚的村落，跳過涸竭的溪流，山溪及溪流旁的青蔴石發黑又發亮，相信已數日未接受流水底撫吻了。欲攀上山巔；爬着，爬着，抓着藤，藉着草根；穿揷密林疏林，越翻石坡土坡；到達峯頂了。

於是我駐足而望，而聽。

山下樓房伏着；都市伏着，海港伏着。山上天風橫掃，從身後來，使我欲回身迎風；欲顧其來處，却無影，欲尋其去處，也無縱。但覺帶有幽冥靈語，來自億萬年前，來自億萬里外；但我聽不清這訴說什麽……

我狂呼——亦欲在億萬「年、里」外遺留下我曾存在過的痕跡。但，靜下來便後悔了；四周死寂，我就立刻察覺到獨個兒登山壓根兒就是一項錯誤；這是在全心全意攀登時所不意的。

茫然下山。都市伏着，港海伏着，唯對着這高度文明的優美幾何圖案的城市，我亦沒有欣賞；錯誤導致我對自己强烈的不滿……

整天都失魂落魄似的，眞想不到打擊我這樣大。

（二）風暴

從車站回家，大約要走十五分鐘的路；不過今天足足行上了半小時。下車時太陽仍浮遊在西方的天際；但回到家裡，天色已齊黑了；黃昏星疏落地閃爍在灰黯的夜空。——慢行的原因是要躲避一陣又一陣的，迎面襲來的風沙。

剛下車我就有要捱風沙的預感了，因爲可以見到遠處捲起的白茫茫；但刮風，我還是要回家的。何況搬到這裡後，風暴已是再慣常不過的了。

從馬路轉入舖上士敏土的狹路，就受到第一股風沙的襲擊；本來路上是積有一層沙粒泥塵的，或許因今天刮風的次數多了，就露出粗糙的路面來。一路行，捲風的次數也就更密，而且勁得多了；每看到有風帶泥沙迎面襲來，就祇好回過身，讓背部給他敲擊個痛快。風過了，拍拍身上的泥塵，就繼續往前行；在背風的地方休息時，鞋子已藏滿沙粒了。——但仍可算是輕微的。

繼續起行那向東的路才是眞正的風口。刮風的日子，通常人都是等候一陣風刮過後，就匆匆的往前走。這次我才跑過一半，另一股風就捲起了。轉過身，但依然吃了滿嘴的泥沙，鼻孔吸進了不少塵埃，怪不舒服的…………

這一來，一段該行句來鐘的路，竟然走上半小時。

回家放下書包，才發覺兩腳發軟，身子發麻，臉龐發痛。褲管內是泥，鞋統內是沙，連頭髮及眼鏡上，也沾滿泥塵了。隔着積上無數層泥塵的窗子望出去。——窗外是個風沙的世界。所有樓宇都帶上一層淡黃色，矇矇朧朧的。街上看不見行人，巷中聽不到狗吠；祇有狂風帶沙粒撤在牆上的響聲，風吹過薔色園樹叢的掃蕩聲，及風沙碰不到實體時自身的嘯聲；單調地，一次接連一次的吼唬着。月亮瑟縮在雲層以外，微微的透出一圈白光。今夜路燈要蒙塵了；孤單的竚立在街頭，照着一無所有的路面，偶而一輛汽車在路邊停下來，「砰」一聲關上車門，人就急急的往屋內竄……。

　夜更深的時候，我依然留在窗前，聆聽着，呆望着。除疾風的咆哮外，一切都靜止了，於是我肯定的告訴自己，這段當風的路，今夜該再沒有行人。即是說：路燈祇好孤單地拖長自己的影子，度過這漫漫長夜了。

A.

八月的室外八月的陽光遍瀉
普照着一切醜陋的圖象
一切無稽、幼稚、可笑都靜
息在陽光的灼晒蒸散中了
而　室內

而神志清醒地掙扎中痛苦着!?

B.

萬國旗飄着
衣裳豎出自每個包含內容底
長方格的左下方
——展示一些動物的生活
規序

八月·我是這樣子活着

一個顯示人類悲劇的故事
正
　孕育、培養、滋生着一份無
由的憂戚
　缺乏色素體的建築物在陽光
中無聲無嗅地萌長着
　幾個屬於太陽旋的孩子赤着
上身在無力呻吟的栢油路上奔逐
　遠遠近近的文明噪音在空中
擊盪
　多少動物睡着？
　多少動物醒着？
　又多少動物在肉體沉沉睡去？

陽光下這文明顯得多可憐可
悲哪
　白雲停在天上
　臙烟升自地面
　如此而已
已如每隔數刻總有大聲響告
訴我一隻客機正沿新跑道冉冉爬
高
　正如羣山衆海的靜然
　正如每向東南外望總是那堡
壘高樓、總是那頂上飄揚着令我
激憤的旗將我的目光阻回
　——如此而已

我期望一些聲音
　一些改變
總是希冀　風起兮
　雲湧
　海嘯兮
　潮狂
孤獨的小室孤獨的我　聽到
一個響亮的聲音說——
——我憎恨日光之下並無
新事這句話！

八月・我是這樣子活着

高山洞穴的白髮隱者凝視那有潮湧動的水晶球
繼而喃喃………
昨日已遠離而去
明朝却遲遲未來
今天
（啊！今天………

暴風雨中

今天洞外正暴雨
正狂風
有動盪　有焦雷
有爭戰　有咆哮
有顫慄——
啊！今天………）
波濤正洶湧
如山撲擊
撲擊　以壓倒之態吞併之姿

（君可聞野獸之蹄音錯亂
在奔躍　在嘶號
在無依中悲鳴………）
SOS已發出
向火星　向金星
而神與魔鬼携手於雲端
以神秘的微笑向世人送出某個恆古以來的大奧秘
裂咀！啊——神情多麼恐怖
看大陸在洋面間飄浮
聽大地的嗚咽連綿不斷
科學家發表公佈
洋面再升高五千公尺　亞拉獵山的方舟即可浮起
神人間之使者何竟無言………

朦朧　世界陷進迷茫
彌留中顫抖的陸塊沒有明日
沒有將來的鐘點

（天地昏暗
　隱者依然喃喃　禱告
禱告爲那尙不可知的明日）

冬夜

——寫下虛無混亂而艱澀的思緒。

太陽落下去了。人間的火焰從瞑淡歸於熄滅；灰燼遂飄揚於更猛烈的寒風。一切大自然的產物都冷僵了；祇有那背叛自然的人類勉强的支持着，套取換得熱能的金錢。

地球！你中心的熱竟不能驅散周圍的嚴寒；抑你底土地感受不到外界的酷冷？不論怎樣；你應曉得掌握中的生物已受到周期性的欺凌。

綿絨層層包裹下的人匆匆走過冷清清的街道。有誰留戀櫥窗中的裝飾？——沒有人願抬起頭去看看灰黑的天幕，沒有人可以指出夜空已吞併了摩登大樓的頂層！旋風捲起地面上的廢紙，在街頭舞弄着、沉下，再由另一股狂風送走。粉麵街檔的火爐熱氣騰騰上升，伙伴在高聲唱嚷着；來抵擋徹骨的寒風，來引誘縮頭疾竄的夜行人。

救火車的嘶鳴劃破了膠結着的冷氣，飛馳過寂靜的道衢；然後；液態的空氣重新聚結，充塞滿空間，於是一切都停頓於不得已。

夜更深了，勁風每每搖撼着窗戶。街外，有霓虹招牌伸出的建築物偶而傳出絃歌之聲，這祇是顯出人間更多的不平，明朝的早報將會有「路有凍死骨」的新聞。

我蓋上被褥，但仍不能入睡。在掂念着，是失落了什麼？從心裡發出陣陣的冷絞痛了我。——我想得太多了，這是人間！

今夜，無星、無月；冷酷的人間也沒有溫情。

明朝是否將有太陽昇起？

伊甸園西

卡門

伊甸園西之一　A Party

題序

我接受上帝，但不接受上帝所造的世界

——I. Karamzov

夜，黝黝。沒星。沒月亮。

驌驄落下了厚厚的窗帘，隔離了外間的世界；隔離了古舊的傳統；隔離了理智道德的束縛。屋子裡，被加以彩衣的光管發放着種種式式的線條。

室內的氣氛：神秘、刺激、誘惑。室內的燈色：墨綠，血紅，青紫。

伊甸，這就是伊甸的一角，那是屬於青年人的一角。

蛇之姿，狐之態，狼之影，餓虎之勢；着魔者在狂狂的玩着各種姿勢，異性與異性在作瘋狂的享受；男的與女的在作虛偽的熱情；他與她在作原始的奔放。

電唱機傳來了冉冉的喃呢，撒旦的喃呢。

打情罵俏。多釆多姿。

妳在笑，笑，笑得天眞，可惜妳已失去了妳那天眞時的年華。

你在笑，笑，笑得純潔，可惜你已失去了你那純潔時的個性。

歡樂着，把歡樂寄於那再响起的喧囂，撒旦的喃呢，如五月蠅緊隨音樂的節拍，再度擁抱，再度展翅飛舞。

汗流着，流在用色彩塗過的粉臉上。舞步放恣，高跟鞋與鴨嘴鞋媲美；牛仔舞與扭腰舞的脚影斑駁；查查與拍青架的舞步交錯於地上。

點與線眨在牆圍，閃爍的靴下意識的動着，迴旋的花裙在人羣中炫耀；迴旋着，迴旋着。

媚眼，對着比自己醜的少女，以示自己的美麗，自己的丰姿。

媚眼，對着比自己美的少女，露出心中的妒火，心中的敵意。

瘋狂——狂妄——妄想——想入非非。

笑與笑之間顯出了猙獰，顯出了奸詐，顯出了虛僞。

眼與眼之間產生了妒忌，妒忌變成憎恨，憎恨做成了導火線。

室內的温度，就如阿拉伯的沙漠，熱是酷熱，冷是冰冷。

吹着口哨，用手指與手指拍出聲音。

現着微笑，用雙眼投與一層誘惑的温情。

一首所謂音樂的音樂响着。手與足之影在舞；頭與腰之影在舞，燈影與鞋面的反光在舞。一切，一切都是繁亂，朦朧，迷茫。……

足動，手影，脚行，腿飛，以及圍牆上的點與線的眨閃，像深奧難懂的微積分，像找不着主題的抽象畫。

伊甸，這就是伊甸的一角，那是屬於青年的一角。

伊甸園西之二　魔鬼門徒

自序——

只因那是熱血奔騰的動物，只因那是錯解的孟施舍精神。

眼睛，如時鐘，左右擺動。探索於街頭，留心於每個行人。難耐的，雙脚在抖動着。

倚在牆角。站在柱旁。聚於道邊。總是：不規正的。其實那只是一羣青年的學生，態度却有如魔鬼之門徒。

「得」，「得」，「得」，之聲，發於齒中之香口糖。斷斷續續的從齒縫中發出。

眼睛不停的轉動着，如地球般之不停轉動。向每個走過的少女的臉上轉動。向每個典型的青年轉動。

爲首的打動着手指。手指擦磨着手指，打出了有節拍之音調，隨行者也不後人的用手指跟隨着。

「得」，「得」，「得」，「得」，慢慢的行着，如螃蟹式似的蠕行。

就於繁雜之街道，於一所規模較小之戲院門前。停下了。他的眼睛已告訴了他的一切。

他，輕輕的點點頭，以這訊號示意給旁邊之人。

他，眨眨眼，向那散在左右的隨從眨眼。

停止了從牙齒中發出來之聲。停止了從手指中發出來之聲。面對面的站着。眼睛和眼睛對話。

他把袖輕輕的叠上，手叉在腰間。

他以手撫貼臀部，其中兩隻姆指揷入緊窄之後袋。

眼衝撞着眼。不語。排行，兩個曾受過西方陶冶之靑年排行着。

走進了一間凉茶店子，坐下。他們各人也分別的坐下，找着不同位置的坐下。

現代的凉茶店已不愛賣凉茶了，只因靑年的伙子早不愛喝苦的哩！

粤曲已是靑年人的踏脚品，電唱機只容納得下「狂人」「貓王」的叫賣聲。

一口濃痰吐於地上，他口發憤言，心出怒火。

他憎惡那種態度，他不喜歡他的行爲。

「臭飛。」

「臭飛。」

他的怒氣放在拳上，拳在桌子上。後面的從人站起。

他癡顚的掃下了桌上的杯子，凉茶洒得滿地。後面的從人站起。

「打。」

「打。」

他喊着。他走着。

他屈着指頭，吹出的幾聲長哨。他用力的拍了幾下手掌。

氣焰萬分。萬分氣焰。

雙方的人湧上來了。打。以拳頭。打。以木棍。打。以鐵鏈。打。以利刃。

虎爪。鶴咀。南拳。北腿。打得瘋顛。打得癡狂。

握拳者如泰國的雄鷄在作生死的爭鬥。

持棍者如少林木人巷之械鬥。

持刀者如古羅馬時代的農奴武士之相鬥。

噢！一枝鐵棍，無理性的打着一個已失却保護能力的身上。打下。打下。直至他的身軀也隨着伏下。

噢！一柄閃燿的利刃以欺壓式的刺進一個已失却保護能力的背後。插下。插下。直至他的身軀也隨着伏下。

血。如雨季中的山泉。如尼格爾瀑布的衝流出來。有腥味的血。是鮮紅色的血。

血。血。

俄而，警車的號角遠遠的响着。近近的响着。

那時，鬥士變成懦者。他們在狂奔。如驚弓鳥。如漏網魚。

戰勝的英雄在惶恐的狂奔。鬥敗的壯士在含恨的狂奔。只有傷者如斯的伏在地上，以血染地，以地染血。

血，是鮮紅色的，紅，是青春的代表。青春，是屬於青年人的。而青年人，却是魔鬼的鬥徒。

含恨將加上含仇。他們準備再次舉起魔鬼之大旗。

慾望，是禽獸的。理智，是沒落的。沒落，是魔鬼門徒的。

只因他們是熱血騰奔的動物，只因他們錯解孟施舍的精神。

伊甸園西之三

鬥

笑，妳露出了牙齒的潔白，笑，妳呈現出那神秘的梨渦；笑與笑在鬥。

妳穿上高跟鞋，裸露了小腿的窈窕；妳穿上了袋型衣服，現出了手臂的嫩滑；裸露與裸露在鬥。

妳梳了高裝，只因妳短小；妳長一把長長的髮，只因那是適合妳的面型；美與美在鬥。

鬥，鬥，鬥，這是潛伏的鬥，下意識的鬥，無聲的，無血腥的，鬥得自然，鬥得柔和。

女人是弱者，這是世紀前的史章；女人不是弱者，這是廿一世紀的事實。女人有相等的自由，只因她們懂得利用情感，利用那天賜的情感。

情感，只有情感才能移動理智，只有理智才能統治慾望，只因慾望是禽獸的。

廿世紀前的戰爭是以原始野蠻禽獸的鬥。

廿世紀後的戰爭是以情感思想奸詐的爭。

人類懂得利用情感以征服領土，侵佔利益，說服蟻民，這是人類的聰明；人類也很聰明的維護自己權利而自相殘殺。

鬥，國家爲國家之利益而鬥，思想上新舊的思想在鬥，文壇上的中國風與意識流在鬥，人情間與人情間爲名利而鬥，强者與强者在原始的鬥，弱者與弱者在情感上的鬥，靜者以思想的鬥，動者以武力的鬥，君子以聽望而鬥，小人以惡名而鬥。

鬥，鬥，鬥，鬥得友善，鬥得大方，鬥得自然。

笑與笑在鬥，於是，笑將笑得奸狡，笑將笑得虛僞。

裸露與裸露在鬥，於是，鬥得踰禮，鬥得瘋狂。

美與美在鬥，於是，把純潔的美塗上粗俗，把天然的美化作腐庸。

縱是這樣，人總是在鬥着，聰明的鬥着，愚昧的鬥着，鬥着。

笑，妳露出了牙齒的潔白；笑，妳呈現着那神秘的梨渦；笑與笑在鬥。

妳穿上了高跟鞋，裸露了小腿的窈窕；妳穿上了袋型衣服，現出了手臂的嫩滑；裸露與裸露在鬥。

妳梳了高裝，只因妳短小；妳長了一把長長的髮，只爲那是適合妳的面型；美與美在鬥。

鬥，鬥得友善，鬥得大方，鬥得自然。

伊甸園西之四　禁果

賽馬日。發財的好機會，全城哄動。

無數的人，無數的車，總是忙碌急劇的窒息擠壓躍擁向一度窄門。

人無橫財不富，有賭未爲輸，於是乃在鞭與蹄聲中調笑着人生，在紙烟與馬票之間尋找眞理，然後用花綠花綠的鈔票預購明日及明日的明日。

因爲：錢是一切，富者如斯，貧者亦如斯。男人如此，女人也如此。無論：笑着，哭着，醒着，夢着，走着，坐着，喜着，動着，靜着，總是忘不了錢錢錢錢錢。

錢是權杖，錢是爵職，生要錢，死亦要錢，供奉上帝的鮮花要錢，神像的漆金也要錢。

錢，錢，錢，錢，人無橫財不富。嘿。

有賭未爲輸，於是乃狂賭，拚命的賭，賭。

下注，以少博多。下注，無本生利，買，買。

獨贏，位置，孖寶，穿雲箭，過關。買，買，買。

五元，十元，廿五元，五十元，一百元，買，買。
貼士滿天飛，這隻要馬，那隻博殺。這隻質優，那隻夠强，買，買，買。
心情焦灼，神經痙攣，雙瞳牢盯着電算機前閃躍交錯的龐雜數目字，當鐘鳴，閘開，馬馳。
聲响遂如潮沫，汹湧，汹湧。
贏，輸，樂，怒，狂躍，哀頹，歡呼，詛咒，笑喊，訝畀，如意，徬恐，喧嘩，默訥，動，靜，始，終。
希望成眞，希望成空。
別急，還有下一場，還有下一場的下一場及下一場的下一場的下一場，希望仍在，只要的有錢。
嚓喝，喊呼，謾罵，交頭接耳，高談濶論，口沫橫飛，傍若無人。
鞋踏鞋，肩碰肩，背樑挨着背樑。
結果紳士不再是紳士，淑女不再是淑女。
給以答覆：是一羣患有第三期「虐待狂」之僞裝者。
給以答覆：是一羣欲嘗禁果之文明獸。
獸。
一羣。

劇

睫　一開一合
　發電機的手指在跳動
　　一升一降
Retina是矛山師父的葫蘆
　雷達網於高峯下吸取各處的音波
　　腳甲紅紅　櫻咀紅紅
　　　黑黑髮　　黑黑鞋
那些皮膚與那些皮膚是同父異母的
　這些嫩嫩　如鵝羽的柔軟
這些粗粗　如山吉的外衣

戴上太陽鏡　就此浴於日光與月光底
　魅力？　倩影？
蝶再深一度的吸蜜蕊
　嘗嘗　淡淡的再沒有初吻之意
而後飛飛　而後走走　而後溜溜
　只因那是劇
　　那是劇
幕一開
　一合

高色調

戮象

α

忘不了
荔枝吃盡
齒留香

人將注意
蛇之態

β

風
長嘆
處處弱調
灰灰的
天

γ

私生下春
冬逝

蚯蚓扭控
於土
佈訊

δ

細幼的與
幼細的
沙堆
美好的與
已毀損的
貝殼又和沙

惡
螯橫行
菌
惹人迷
楓葉
紅
在枯色叢
再看
月更明

哭 無淚
再嘆
死葉－飄
東 西
再會吧
飄飄

疾風狂
躪蹂四野
草嗚咽
不安
天沉沉

給草
草生
給花
花開
給樹
樹長
再注維生素
草青
花艷
樹綠
飛 飛
蜂蝶忙

抄集錦
穿露胸裝的
女童運
夢中的城堡
戴帽的
伏躺的朋友
注視着：
六隻眼睛的
少女睡着
睡着
於沙灘。

憂鬱如喬也斯之感遇
欲與慾如欲慾的狂飲
　注ＶＳＯＰ於可樂之空瓶
眨底澄現三隻眼睛與五個乳房的
　　　　思索
戰場上的英勇與駱駝煙蒂墮地
串圈終不能語解毛姆之憤俗
而加繆的繆思於左邊腦袋浮　遂有
患黑病之巨人再度推石之企念
紫色的鐐銬了卡夫卡的自裁

左

擦槍的老人被鱷噬後再被鯨吞
燈塔已灰化已在浪之下
額上汗淋淋——
　十字架上聖者的血腺崩
愛世人的石碑受風蠶雨蝕
烏托邦就是巴比倫就是已煙沒的世界
失落的一代遂空自瞪月
　恨起自莫名自恨起
（Those without shadows）

胡言集

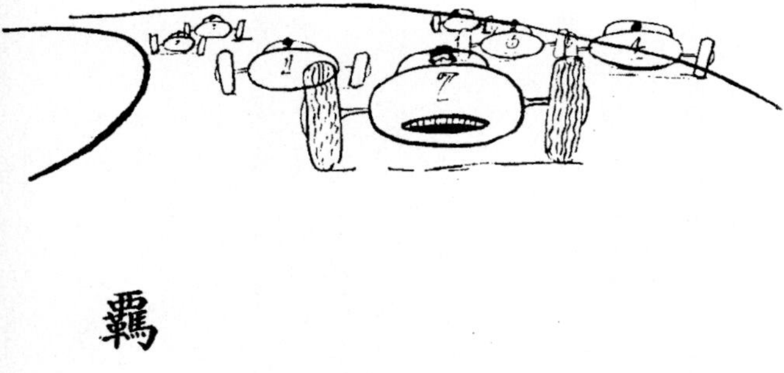

羈魂

死囚

劉象

誤落網塵有一蒼蠅正軟搖小翅……

他，喟嘆着，雖然他知道這並不是喟嘆的時刻；而牆角問那剛飽肚的肨蜘蛛似在低喲：「可憐！」於此，黑風凉月便向他送輓歌、携惡夢……

他曾恨母親的愛慈是一枝暗箭，亦咒駡金錢洞內只盛有阿腴者虛僞的笑臉，更咬指怨己身是面具堆中的行屍。如此地，他做夢似的渾噩了二十多個寒暑；換到些什麼？不只是一個蠻性的童眞和野性的少年嗎！

星眸與PACHANGA是「失憶」的搖籃，高跟杯與紅唇在油腔滑調的推荐下便換替了幾何書中的「弧角弦」，凌霄志也在電唱機中流產；而歡樂、而瘋狂、而好勝、而媚音經化合成一劑慢性毒藥，侵蝕這一縷痴懵的靈魂——

化成了圓筒形的葫蘆，誰愛嘗其中的奇藥？而產滿瘡痍的醜臉雖有錦帕仍難覆蓋；雖有長鬍子的在低眉搖嘆，雖有白臉子的在慨贈忠言，雖有小毛子的在遙指道：「飛仔！」故，坐禪老僧也打呵欠曰：「奈何」；要求砍荊棘的樵子也怒擲剛缺口的斧頭；只有知覺的吸蟲在爬行——這光景，一個空洞的臭皮囊正送入屠場！

在一個只有讓寒星失色於紅燈綠酒下的黑夜，酒精與纖腰已使除美夢外一切都爲他關了門；驀然，有一副瘦小的骨頭竟弄虎鬚：「小姐，讓我一舞。」

久居尖塔的豪氣者正爲「護花使」的美衔而張牙，「隨員」們亦瞧風駛悝地捲上衣袖——

爲了一個梨渦他把父骨母肉視如蔽屣，誤解了的「妒」使他心靈起革命——刑罰與劊子手的恐嚇只像發霉屍臭使他只在掩鼻曰：「哼！」

於是，「英雄氣」與「美人歡」的歷史光采照透了兩具空洞的軀殼——他們先用銅拳，繼拔銀刀……

故，他頸項給所謂「敵」的刺了一條紅線仍未呼痛！

故，他化黑貓在惱喚於無聊的經緯上！

故，他把銀刀染上了別一個肚子的熱血！

先是，歡樂成憤怒，狂笑或吶喊；如今，憤怒或驚呆、吶喊成吵亂——血，虎疫般傳濺的血！（他，冷冰刀上鮮艷；他，苦笑地上左腹滲血的瘦小骨頭）

樹倒猢猻雖未全作驚弓鳥散，但常掛的笑具已扯開。而魔鬼門徒正奏凱歌覆命於地獄門，而銅像已倒，而星期六已昏眩——

這樣，電話鈴聲引至警車嗚聲……

不久不速的審判期中他已讓麻醉了的自我還原。（然而，已太遲吧！）

呼叱領出一個「斑馬綠衣」的魯男子，「三〇七」正訝驚主人（雖將易主）的冷靜！

早起的旭日正穿過「慘綠」的梢頭射向他的臉——他點首，也微笑。（告別那最後的一絲朝暉？）

之後，他站起來，直直的。從而，便默數自己每一下步伐：一、二、三、四…………

節象、節象

誰鯨吞整個黃梅天與風砂地？我試踏灘頭拾貝殼更求燐火——而劫數與劫運的道途畢竟迴異；且插一株鳳尾草於乾地上喚：「怎不生長？」而文藝就如鮮奶誘我這嬰孩望狂啜——梵帝岡內且奢求植下一棵相思樹？

我遂吸出一筆管熱血化餘墨，也試檜一株幽谷蘭於一塊腐木的斜紋上。（不管像不像）——

（一）端陽

使白素貞現形的雄黃酒似要快成陳跡吧，而裹紮得牢牢用以塡魚腹的粽子竟化成五光十色的小角子出現在懷春女的襟前彷彿輕道：「瞧吧！」且書「歷史是死亡」的定義，且笑端陽爲何不賽狗馬？……三閭大夫的骨頭許爲黃金夢的實現者，却不知花費了萬千個腦袋在編、在述、在尋、在評、在讚、在歌「靈均先生」的詩魂！「古道顏色」雖未曾盡拾，然我已「怨句新」了吧！且教鑼鼓聲中讓笑靨的元素塗過了歷史舞台的哀臉：「何苦！」

來吧！掛一茱萸於「雀巢巔」上，（不怕繁殖？）而秦楚的恩怨不比「亞JOHN」與「亞DICK」

之爭，屈原先生的大石又怎比結他彈成的「ROCK」？

（二）聖誕

馬糟的故事又作第一千九百六十四次的吐訴。可惜駱駝客今夕又不走在我窗前（空教我等候了十八載呵！）。不然，我可向他們問問：「你的羊兒呢？」

嘆針葉子是妙齡女吧——看，多奪目驕人，倒忘了明天，或後天，甚至多天後的下塲。

促進或聊以作一口氣去延續友情的那弄疲與弄苦綠衣郎底腿跟的五彩紙咭築成了列列天橋——橫架廳子、橫架房子、橫架屋子！

於是，有人在扭臀喊：「基督萬歲！」（又有歡悞）

於是，有人在搖首嘆：「天主見諒！」（又有罪人）

於是，有人在撫腹曰：「聖誕何妙！」（又有利潤）

鬚眉客也且繫一十字架鍊子在私笑。

娥眉女也且哼一「平安夜」曲調在瞳影。

而老太太却趕忙又把差點下墜的老佛爺扶正，而手托雀籠口含煙斗的花頭兒正從金絲鏡眶外（似用鼻子去嗅索）那壓在跟底兒的蟲蛀的「四書」！

叫化子已伸舌頭求嚐嚐火鷄的餘味，盲歌者亦惱而望棄擲二胡換以梵鈴去奏「齊來崇主」（不操南晉吧！）

酩酊兵丁不聽鷹鳴亦不停艇只奔逐艷妝女的長裙後。

呵呵，恕我這無神的叛徒在諷繪「聖誕」！

塑像、塑像

（一）神女

人格的銅板上已長出了臭草，而梨渦似化石般
整夜長掛，（麻木了吧）只嘆滿天文數字的輪迴冊
內失落你的明天——可惜，你靈魂的喇叭手已一早
夭折。

且碰杯——去輓弔發酵的歷史，有尖刀輕割你
的肉與慾，嘆木魚只敲出你生活的苦汁，而尼古丁
也把你蹂躪至眞空，處女祠早給蛆蟲咀嚼：却有，
移植過來的貧血菌在變形。

窄窄的旗袍似是裹屍布，慣狐步的兩腿今竟苦
艾：患風濕。這黑星期有顆燈未被后羿射下！
於此，時間的輪齒又移了五厘米——

赤貧與赤裸在麵包的恫嚇下作取捨！（聖潔的
元素已喝下黑咖啡）每聖夜，鹿車老人總趕赴吃火
雞，誰管你？誰憐你？誰知你？

咿喲——惟待下一年，還是下一夜？

(二)世紀

我也記起荊軻亮閃閃的匕首，而「九九九」三個血紅的字又高懸！泥菩薩脊椎上的哲學家在高調邏輯的隱形，而小婦人的墓塚旁有猢猻在搖紅股；滿盛煙蒂的煙灰缸在嘍熱，也許，我骨頭內有寄生菌在擺動尾巴——

世紀的一切都關入瘋人院：不是曇花、不是預言。

傳道先生在祈禱——

魔術家也用手帕把疙瘩橢圓皮球蓋着——

而指揮棒又劃下了不少圈子——

楚狂人恐已轉怒吼爲喁語——

四周曾自建的堡壘今快下倒，王謝堂燕之失落我倒不在乎；彷彿，「進化論」有螞蟻在咬小洞。

(三)你

無我與忘我只是哲學家的浮雕，怨這塵囂自身不免隨波逐流，是萬世延續中的一段填塞小空間的物體：以承先，以啓後吧——就是那末平凡。

有時，我曾向自己發問：「我究竟是什麼？」「我死後到那裡？」——而我這名詞太自私了。

「我」之於我始爲「我」，「我」之於你便成「你」！

「你」「我」不是對立也是並存吧！

「你」「我」是相關相顧而不是背馳也吧！

「你」「我」之交替變幻任是變形蟲也甘讓步！

故，我問你時：「你何不智？」

故，你答我時：「你才不智。」

不是糊塗、不是胡思、不是胡言——

而「你」「我」之爲物實是二爲一，一爲二，却似乎「你」在天下間的地位是稍低！不是嗎？我為「我」故忘了「你」，「你」為你自己（在你來說是「我」）故忘了「我」（在你來說是「你」）：這樣我我你你，終弄至搶、詐、奪、拚……

人類太聰明了，你我界限分劃得太顯明，委實你我同爲有四體、五官、臟腑、情意、爹娘的萬物靈，儘管皮膚、氏族、環境、階級有別，然而人總是人啊！何故你求吃我肉以增臉上一團肌，我求寢你皮以減身上一剎寒……

螞蟻與蜜蜂的比喻雖普遍——但人不應以爲其通俗而忽畧之；想一想，問問「你」自己，問問「我」自己吧……

（四）春

寒風許是冬神的私生子，遺棄他而自去——我嚎啕；也且頸望艷陽天傲掛於墨綠之中，去美化枯枝，美化葉尖、也美化自我……

紫燕今早信是帶來一張啓事，我遂書下欠單向北大人追討一顆跳動的心！

於此，雪先生在晨鐘內抱竄，而桃李也張開了小眼睛，而黃鸝在喚開百千花蕊，而輕颸求撫熨綠水早刻烙的皺紋——

霜雪已在白紗裙下隱了形，迄立彼方有愛美神伸出左臂彎，我猛力牽海公公鬍子望溺沉於自然面紗之內，也會削一枝竹簫奏純音——引鳳凰？我不知道。

誰人來了？

這兒我只見捲簾有風在妞娠半株玫瑰——

搖首有草在輕騷我幼弱睫毛——

牽牛花已附笆籬——

長草亦在泥土中蠢動——

而乳燕脫兎共化孿生兄弟——
也幻想故鄉中我兒時揷下的小松苗亦正一再拔
換新裳——
這樣，我緊抱的寂寞已悄地溜去，曾作蟻行的
脈膊已化狂流。（耕者的鋤已負，嘆我雖有「計於
春」，却苦欠一塊「心田」！）
遠方，彷彿有一麗人在笑語，且問問：
「你可是春天？」

我曾為此而痛哭

我曾爲此而痛哭：
我的靈魂受傷了——
因爲　它曾謀殺了眞理（那天眞的別名）
聖經的文字　我唸過　年輕時
我知道將來我銅棺上將烙下兩個黑字：
「叛徒」
我曾爲此而痛哭：
阿波羅的箭射殺了羈魂
我曾爲此而痛哭
失落了的影子　加上一個血淋淋的夢
我是人？我不相信！
剖開那血紅的心窩——
蒸發吧！　用誠懇燃起了的「桂冠」油燈！
我曾爲此而痛哭：
隨着無數的文氣狂流浮沉　我
留不住人們歌頌的餘潮
人？　我不相信——我痛哭（耗子的可憐相）

意象、意象

我總求找一條路——在這使人窒息的墳墓裡！

(一)啊！不

又嘆今夜雖滿佳饌我仍揮手搖頭道：「啊！不！」

未靜止有狂濤拍打我弱幼心房。

在傻勁與愚勇下，人往往忘掉了一切。

「啊！不！」

仍有半瓶餘墨，一杯心血！

且問問：「螞蟻，你可見過春天？」螞蟻沒有回答只向前走——「啊！不！請留留。」

浪擲石子終也擊不中高懸的幽石，我遂合上眼效蝙鼠暗夜裡摸索。已知裳衣給現實棘枝扯破，亦怕撫額上聳高的紅瘤——」

忽地，有語耳畔輕喚：「回去！回去！」

啊！不！只要我是人！

有人羨慕籠外鳥自由的歌聲，亦且妒恨瀑布狂瀉的雄姿（誰敢阻撓？）惱煞莫名金鎖下有羈魂忽飄於茫然；然亦盼待失落了的春風——」

「啊！不！」誰在噓氣？

雖未有斷橋容我小立，我總愛幻想有「復艷殘荷」，且問問：「爲什麼不？」從而啞待，直至有回音，但萬勿仍是那句：

「啊！不！」

（二）啞

暗問桌前日曆牌子時光是否眞的如此忽忽——我又啞待了一百個動與靜，起與抑的日子！

山伯愚呆雖不至爲文人大話，然而蝴蝶雙飛只是仙神中的笑話——未有遲來三日吧！忽自暗驚：「來早了？」

故我賣去信心求買回耐性去掘發深藏的苗根，亦求用骨骼和靈魂去支撐浮沙上的斜塔，更望獨臂能抱攬空中樓閣，而願望似囚中野兎亂闖——乞愛美神捨我半絲光；呆？天眞？幼稚？（我不造聲）

如此地，我便頸望了一百天。

春夢隨夏雲又在今午馳騁，艷曲雖未葬黃沙然已給羈囚於山嶺；閣子中我曾遍拾半根靈感試繪你的笑渦——

然而，愚與亂下禿筆只滲紅淚，胡不知我曾焚化一葉詩篇於洪爐內。

「你收受了嗎？」（我合上口，啞問。）

（三）冷

熱浪下有寒冰以冷語譏「詩人」爲「痴人」——

「狹量難容未溶化之厚霜啊！」你說。（呵呵，茶杯裡又殺扼了多少個理想。）

請勿罵井底蛙未知井面凝化物之温度——雪凍、雪痛。雖曾恨「柔水」之變異底不尋常（4°C）！求以熱淚去解消、熱情去散蕩、熱心去拍擊——然我終咬唇以止鈴响；嘆噪音（前之愛音）仍纏耳際！

又默待不了一個綻放自冷心的笑花。（你又在諷——但，我目難移）

嘲！

怨嬉笑聲中我竟誤觸一個未定之形象。哀黃河水之不足，悲江郎才之有盡——而雲中月、而霧中花又苦我以頑剛之鋼盾以索索！

問春風之暖軟是否謊言（破象破象）

問艷陽之廣敞是否虛構（焚書焚書）

這剎那，我只觸及一團冷（刺刺的冷）

管多少人垂首，多少人低眉，多少人聳肩，多少人搓掌，多少人噓氣——然我却拔刀以吼：「來吧！」

（忽地，另一自我又佈置一陷阱：「加衣加衣。」）

NO！

（四）瘟疫

今夏，死神又患上咳嗽！

垂下太久的頭兒仰起來總有昏眩，封塵的針管應滿意——或甚至嚷太飽！架鏡子抽箱子的可忙煞：來來，讓疫苗喚醒白血球！

且讓小刀把每頭蚊子宰割，喚叫凍品的許是撒旦或秦檜？湊他湊他——總教我眼兒未瞎、喉兒未沙！來來，讓白血球的義旗高舉。

每天，怕看或怕聽怕知每個「1」字化成「一」字橫臥！怒咬下唇去罵咒擴音筒的大嘴巴內傲舞的紅眼蒼蠅！而這杯水，說不定有百萬魔王？給我顯微鏡去找？不！來來，讓我們擲了它——閉目而痛喝這杯液體！

似乎，耗子在咬我足踁——神經線幸早成餘滓！

憤怒

午夜　會睡了的風　餓了
　我關上窗——怕看刧後的骷髏
遠處　舞着「自由」的旗幟
　尋不到　是我雙足失去了的能
插入了淤泥　是我的骨
　傾盡了長江呀——追逐吧！
我要憤怒。

野豹劃破了我的臉皮
　刀尖的鋒芒迷眩了我的眼睛
沉默　是憤怒的呼聲　我想
　印第安人的箭已在弦！
白狗的尾巴要樹起來
爭奪中的泥球被蹂躪得厭了——
讓我用血劃下一條線
醒來吧！半醉了的是憤怒！

外象、外象

（一）夏

怨地球軸心傾斜了二十三度半，遂帶至北半球八月的熱——

昔：溫度計與雨量衡在鬥氣。（一個嚷向上，一個喊下去）。

今：維奧娜與維納斯成偶像。（一個受膜拜，一個受歌頌）。

東方珠遂沸騰於太陽網內：膨脹、膨脹、膨脹……（生裂痕來了啊！哭）

故安眠藥與煤氣在携手，故無上裝與披頭四在點綴，故防疫針與凍品在弄姿——成血，成脅，成熱，成刼，成孽，成孿！爲和音去詠頌世紀末的逆潮！啐！

冷氣開放的房子未滿未滿

八口一床的火柴盒子已擠已擠

咳！哇！哈！哼！嘩！呸！

黑眼鏡與黑皮膚是烈日的戰利品吧！於此，汽水瓶旁有人喊昏，磨砂窗外有人喚「SALE」，陽光傘下有人叫渴……間時的雨點求卜算己之命運：或禮讚（及時及時）、或咒怨（誤時誤時）

荷香否？荔熟嗎？蟬噪不？榴紅未？

這兒，我只知悉電扇子已恨搖昏！

（二）飲冰室

隔一窄門不正另有天地？柏油路氣得暴煙了。搖馬尾姑娘只略一流盼便忽忽馳去，冷氣機失靈吧！我作一懶腰伏案忘了孤零的紅豆冰高杯在待等，更凍吧——恕罪！而提傘人又緩緩地以汗手或汗腿推門以驚去壓靜。「那邊有位。」沒制服的青年說。

櫃枱先生不敢正視收銀機的阿拉伯字，却可奈紅眼蠅舞一闋「仲夏日之夢」於跟前在譏笑！哼！捲一報紙作無常棒啊！走走走！

有埋葬面顏於白報紙內：羞見人？求問每日供水四小時可否長延與民航機台中失事眞相；怎不回答？睡着了啊！原來。

三五方圓桌在暗幸偷得浮生，角落間有一湯匙在漫弄咖啡漩渦——壁鐘與腕錶心有靈犀吧竟相同，一分一秒……蟻爬般，怎還不來？窄門偶動偶响弄止了匙的攪動：亦片忘鐘錶，只抬望眼，備歡容，試揚手……

啊！幸遲點兒，這只是叫化探頭於門角問：「整一小時，怎沒人出來。」（仍未有五分錢）

而地球輪似依戀這凝氣——而日仍高懸，而清道夫的草帽仍未肯脫，而窄門內沒有人想輕移……

（三）熱

傷春艷嘆秋華我試擲浮瓶於湖面去伴浮萍望飄流於茫然萬里至一小閣……

這樣，牛頓先生默謝了熟果啊！怨長尾狐之垂涎遂失假虎威之雄風了，（吃不着的是酸？）而零雁在凌霄下欲探訪東樓艷去！有信有信。

咽一口暖茶瞧搖顫的修長腿去巧思南國女兒的風韻，曾笑自我愛掃下頷求尋索牛根鬍。恨鳳毛麟角弄苦了我顯微鏡下佈紅絲的右瞳！
這光景有梳高髻穿高跟回盼曰：「如何？」
有壓稚性露嚴色哼鼻忖：「怎樣？」
禮拜六、虹的迷惑
柏拉圖、蟻的解剖

壓

從夜幕急下至眼蓋似重　於此——
有煙蒂輕灰在勾劃靈感曲線
有銅匙漫弄咖啡漩渦求餘墨
采燈經列隊守待一夜的挑戰
引擎與號角打散了每一個夢
一杯燈　一山書　一垂鼻玻璃子　在壓與壓下
死命拚符號　堆數字　爬格子

故、過別枝的秋蟬譏自作繭的春蠶太保守——
故、「杯弓蛇」與「塞翁馬」已狼吞了自信心
故、雞口牛後的故事已背書在生命每一頁——
汝手尖尖　G　余首點點　E
佛德烈以指求叩瑪嘉烈的門楣？不敢不敢

方位在寸土間不敢移動
盤根於無形壓下
只曾細數掛鐘化合犬吠的嗚咽——
不見黑天　不聽蟬鳴
筆管中墨液在蠶聲中狂瀉
白間紙遂齊呼：「OVER-CROWDED！」
出去？

不寐題

易牧

劉象

兀覺

之一：獨白，那一年的

只不過六點多鐘，月兒還在老遠老遠的天際不知被誰家的公子扯纏着不放。眼就楞楞的怎樣再也蓋不了起來。這麽的一個大暑天時，連夢也是索然無味的，不做也罷。

該殺的雄鷄不知又爭什麽的，大淸早就張大了喉嚨的在對窗的亭間吵個不停，把悶人的赤熱從天上的紛紛叫了下來。不識趣的鳥呀也趁墟子似的賣起力來。眞要命。

於是，立刻爬起來，與床告别。然後，打開牕，以及那扇牕，讓內外的空氣塵埃們互相親熱一番。然後，在園子裡放牧着鞋子。和正在晒腸胃病的太陽招招呼。且偷窺全都躲在簾內的星星暗自對對年生八字。

風像把使鈍了的剪刀，總剪不下那些垂垂的果枝。花把身子塗得紅紅香香的，好不羞害羞的地大着膽子在候蜂哥蝶郎。半側着的掌形葉子則盛滿了一盤晶亮晶瑩的珍珠兒，顯得好不靑春。效颦的草却總洗不了那碍眼的色綠，滴着一眶子的淚。

坐在大大的樹傘下，爲一網圓圓的陰影所困罩。墻高聳聳的把眼珠也看得呆了的，恨不得一下就把日曆撕到了九月初。那時又可背着書包連羣結隊的肆意地往溪間捉魚在墳頭撒尿摸雀蛋兒搖木瓜樹。天不知爲什麽的藍着。日子多的是。

蟬正叫的緊呢。

之二：滴淚

初春夜。

溼溼的空氣纏雜着寒寒的風屑。霧奇重，四處雲遊。

燈亮。一盞。二盞。三盞。遠遠近近。

他久持地强抓着狹長的窗柱。如往昔的一段困壓的日子。習慣成自然。他醒覺地放開手，苦笑笑。

早知道就不該——早知道就不該——他對自己說。一遍又一遍。其實——其實——回憶徘徊不去。

他被撕裂着。無助地。心悸的絞痛，又如虫豸般啃噬着。他屢次欲要從新振作，而總擺不脫那曾陷入沼中雙腿的泥塊。

貧。犯罪。就是這樣簡單。但結果却非這樣簡單。

自此之後，他的尊嚴失落。他被窗外墻外的羣衆睥視着，連妻連孩子。雖然叮叮噹噹號碼囚衣窗柱聳牆咸菜木虱潮濕地疙瘩短髮創痕十三個難耐之禮拜皆成過去。

是夢。不是夢。

他要逃避什麽。但又什麽都逃避不到。他怕窗外墻外的人，連妻連孩子。他的渴望，成空。成空。他已無助地躭溺在追悔之淵中。

妻的手。子的臉。妻的手又腫又粗。子的臉又硬又削。洗更多衣服的妻及已學會擦鞋的子。妻的臉。子的手。

他緊咬下唇，感覺自己已是向下向下的沉落着。且讓焦燥的市聲逐步逐步地宰切他的整體。

廻身。人影徒現於在木板間的半截破鏡子。一種突然的憤怒使他趨前朝鏡便擊。鏡左右幌動。一如他的思緒：他比關在籠牢中時更像一個囚徒。更像。更像。

妻兒驚覺地瞪視着他。瞳中紛紛映現他那乾涸的眼眶裡，居然吃力地存儲着那麽凄苦的淚滴。

之三：末絃線上

赤身於獨室，我被集結不去的熱氣淋浴着。汗如豆。點點滴滴。數不清。臉牆。牆是一叢僞裝的赤綠。

扇扇。固執的：總是以一恒定的動向。劃破光。劃破線。扇。扇。不息。給你以體外的涼。給你以體內的熱。來繼去。始續終。

我倚在椅上。如是倦怠。如是虛無。心頭之苦悶臨於爆發的邊沿。不能解脫的。解脫也解脫不來的。思想像耗子。跳來。跳去。跳來跳去跳去跳來。現在希望將來懷緬過去。今日是明日的昨日。

想哭。想笑。想飛。想躍。站起。又坐下。

仰起頭，眼光茫然。觸及到的只是一片空漠僵直的天花板子。夜風打頰邊掠過，參差的鬍鬚響起孤落的嘆息。

希望如泡沫，不抓已破。這不是我的世界。我的世界在枕上在被裡。我是龍，流放於淺水中。我是虎，迷棄於平陽間。我是魚，癱軟於餐桌上。我是鳥，縛束於困籠內。我是一塊在夏天就從樹上跌下的葉子。我是一個沒有手指只靠腸胃生活的人。

市聲寂寂，荒涼配置在我的心上。我掩面而去。把豪氣置在彩雲。把諾言許給潮灘。然後伸裸猥的指掌爭向黃昏索取更多的飾物與脂粉然後讓季季的芬芳自我的眼角摘落。一掌背的鼻涕和一整袋的糖果的年代已久久的刻雕在我額上的痕溝裡。我的世界只能築在枕上褥裡。這裡沒有我的立足點。思想像魚。游來游去。一潭死水。一潭死水。

我在末絃線上。

冬象

十一月，秋的末日來臨。

秋的敏感性很强，竟在一夕之間，捲席一切而逃，自那原已貧瘠得無可再貧瘠的大地。

逃。沒有仗儀隊送行，沒有熱鬧的場面，沒有隨從，沒有跟班。逃，只是落魄的逃。唉，流亡的生涯未算不是淒涓的，孤寂的，可憐的啊！

冬是勝利者，惜太愛獨裁，結果，遂令這個有缺憾的世界更加不幸福起來。

於是，長街落寞，當和平的鴿子變成及時進食的補品；於是，門窗緊閉，怕聽另一洗刼之故事；於是，蟲蝶不再嬉戲，悟青春，自由之可貴。

鳥兒盡南飛，草木相枯萎，大地像產後失調之婦女，奄奄欲斃。

太陽的自卑感復發，陽光一夜盡褪色，被禁錮的寒流，再度得勢，乃有無數的生靈抖顫於其暴力下。

羣山默訥，叢林蕭條，田土殭硬，被奴役者的裸猥感更濃，貧血的夢已成熟。

窒息的暮色閃撲而至，四週悄悄，黑色的羅網越來越大，沒有誰能逃脫，也沒有誰被感動，沒有，沒有，當持燭的人遠去，當歷史被塵蒙得厚厚。

迷失，我們是注定迷失的？

羨籠外飛鳥之消遙快樂，盲從者之知覺復原乃嘩然。乃醞釀另一次之叛變，且進展得很快。

熱血奔騰。熱血奔騰。萬千的英魂霍地躍起。

躍起。於北風怒吼，寒風刺骨的當兒。

躍起於壓根兒沒有一點春天的氣味的季節中。

不再期待，不再期待，萬千的英魂經已躍起。

春天快臨，秋海棠葉再度重新發萌。

春天，是屬於中國的春天。

下落

站着。你站着。拘謹的站着。徨惑不安的站着。把雙手放在背樑間的站着。

手滲着汗。背滲着汗。仍覺得熱。穿單衫的你仍覺熱。熱。熱。雖然室內的氣溫已降調到低低的。你仍在冒汗，仍感覺着你是置身於火爐內。熱。很熱。

坐着的是他。咬着雪茄烟的是他。以冷冷的冷冷的雙睛瞪你的是他。阻礙你向前的視線的也是他。

你不喜歡他。雖然此刻你是站在他前面。其實一經被引見他時你就直覺的知道你自己是不會喜歡他。不喜歡他的一個生滿粉刺的臉兒。不喜歡他的狂傲的態度。但你得忍受。你在他的瞳目中。

烟雲瀰漫室中。噴自他口中的荒蕪而雜踏的烟雲橫隔在你他之間。你不在他的瞳目中。他不在你的瞳目中。一切事物都超出視域之外。思緒如烟雲。烟雲如彩霞。

先敬羅衣後敬人。你沒有羅衣。書中自有黃金屋。你的書中有的只是堆砌着一粒粒的整齊方塊字。你是求助者。你是折翼鳥。你是失落了羅盤的廢船。

你開始原諒他對你的囂張的態度。你覺坦然。你忍受下來。耐着性子的忍受下來。你曾見過無無數數的如他一樣的他們。總是欺人以冷冷的神色。總是視人以額角上的第三隻眼睛。

你開始可憐他。因爲他是活在別人的奉承上。你不再憤怒其可笑的愚昧無知。你覺坦然。坦然的站着。坦然的回答一切的查詢。

保證金？搖首。人事？搖首。鋪保？搖首。跟着搖首的是他。你知道有機會必錄用你的話是謊言。美麗的謊言。動聽的謊言。他的表情早已告訴一切。你知道你的郵箱永是空空的。它的咀張開，惜吸不到什麽。

你轉身。你退出。你沒有祈求什麽。你窮。你有骨氣。

走進箱子內。你突的驚覺你是一困獸。你是逐漸向下沉落。沉落。你把手向空中抓索着。徒然的抓索着。你仍是向下向下的沉落。跳動的燈色一如你的思緒。你喟然。

閃閃的燈色急驟的在跳動。在你的視域中。在你的記憶。

六歲時你的志願是要做總統。十二歲時你的志願是要做醫生。十五歲時你的志願是要做作家。十八歲時當你走出校門的一刹那，你被怔住了。種種的人種種的事令你莫所適從。你不再冀望什麽。這世界並不是你想像中的世界。自此，你的野心被時間貪得無厭的得寸進尺地刻蝕到空有其殼，你的理想也如磨成的粉末一樣，當風來時，連即吹散得無影無跡。

花花世界。不，世界沒有花，花的只是你的眼。我的眼怎麽了？你咬咬下唇，努力使自己清醒過來。這不是做夢的時候。尤當你正舉步於十字街頭。來者如斯。逝者和斯。

擠身於嚱喝與嚱喝之間，背樑與背樑之間，你被怔住了。站着。茫然的站着。手在滲着汗。背在滲着汗。

你不再是一飛冲天的大鳥。你不再是一吼驚人的猛獸。我是什麽？你是失落了羅盤的廢船。你是結不了果的花。

來者如斯。逝者如斯。小心，你正舉步於十字街頭。

這不是，嘆氣做夢的時候。路永遠是走不完的。只要你還有一分力，一滴血你還是要多走你的路的。

你窮。你有骨氣。你跌倒，你會再站起來。你會面東，面一片朝陽。

你仍存在。

十字街頭

劉象

兩道縱橫的直綫交接於一點
乃做成一擁擠　噭喝的現象
默啞的柏油路永是寂寂的伸延着
永是讓人車經年累月貪得無厭地
踐踏　輾磨
塵土飛揚　飛揚
於斷斷續續的幻暗幻明的光線中
於輪之旋轉與雜沓的步伐聲中
試圖製造一短暫的停駐

紅綠燈竟痴迷地佇立於道傍
閃耀着，閃耀着三色的訊號
——停止。準備。通過。
——通過。準備。停止。
而時間的奴役者
乃焦急得作一慣性衝馳之姿

安全島之安全感可慮
斑馬線已失却昔往之雄風
鐵欄杆之血管硬化
常瞪目看悲劇之一一長成

戀不構成

戀：閃閃
然後成焰
然後成煙
郎才。妳的瞳目如是說
女貌。你的瞳目如是說

於是　左手握矛
於是　右手勒馬
喊出口號我要征服你
喊出口號我要征服妳

愛與被愛與愛與被愛
恨與被恨與恨與被恨
戀：閃閃
然後成煙

戀　不　構　成

然後成渺

掛出一臉的顏色我不再愛你
掛出一臉的顏色我不再愛妳
只因　紅蠅錯繫
只因　籽落棘地

戀
構不成
戀

戀不構成戀。。

可觸的象徵

其一：解剖

十六歲。錦瑟的年華：迷失於十字街頭。前途仍未可測。

渺茫。渺茫加上渺茫。答案是：人生是灰色的。掙扎減去掙扎。答案不會是零。不會是四方的零。明天有明天的風吹。呃。

圍牆高築，窺不到外面的世界。腦海被厚厚的黑幕罩得牢牢。感情打上死結。當成積冊之血管爆裂。遂有太多的紅流露其間。

紅色太鮮艷觸目。不祥之意味甚濃。且苦澀，一如忘了下糖之黑咖啡。

呷一口滾熱的咖啡，乃想起悲劇中的西班牙牛。乃想起揚一面小紅旗的屠獸者。乃想起竭呼「拖羅」的患有第三期自虛狂的文明人。

刺激。刺激。廿世紀之沒落，一如發了霉之眞理，被埋得厚厚。

未來不可知。呃。明天有明天的風吹，雖然明天距此很近。思緒如一灘淤水。苦悶如重疊的蕈狀雲。智理銹蝕有纍纍的痕跡。

這是一個人吃人的社會，字典內嚴禁刊印「同情」「憐憫」的字樣。人之心腸硬如鐵石，咀角永遠掛着虛偽的綻笑，但腹裡有刀。刀尖有艷麗的顏色，且重疊着。

紅。又再重重覆覆的想起永褪色的恐怖的紅。

紅。又再重重覆覆的想起與死亡有關的恐怖的紅。

紅。仍是紅。仍然是恐怖的紅。

乃想起血。想起與紅色有關的血。血。血是紅色的。血是與紅色分割不開的。

驚慌，意象迷亂。迷亂於居高臨下之勢。且驚慌，驚慌得竟然作一衝前之姿，於樓高十二層的建築物上。

死亡出現。紅色與血是分割不開的。小心。

小心。報章翌日這樣刊載：一十六歲少女因成績低落，墮樓命畢。

小心。這是一個人吃人的社會。這是一個悲哀的時代。人之心腸硬如鐵石。笑聲裡每每藏有利刃。沒有誰被感動。主題不在這裡。

十六歲。前途仍未可測。未來不可知。呃。

十六歲。黑色的年號。紅色仍奪目。

其二：異鄉人

午夜十二時。長短針擁吻於一剎那。今日和明日在換班。

沒有人會對時光有多大的留戀（包括自我的存在）。今朝有酒今朝醉啊。明天，誰知道明天是什麼的日子。

於是，沒有人會感到不自在。於是，沒有人會感到不愉快。今朝有酒今朝醉啊。縱使作了一個島上的居民。今朝有酒今朝醉啊。縱使俯仰在別人的旗幟下，永無了期的。

惜我不能，不能如此。我的良心還在，我的自覺仍存。我永遠覺得我是一個異鄉人。雖然我在此流浪得很久，很久。但我總不能把此當作故鄉（更談不到入籍之類等等。）總不能忘却自己是個異鄉人。

異鄉人。我有家歸不得啊！

家。濃厚的鄉愁再度發作我乃重覆的想起家。

家。仍是家。仍是在江南的家。

家。我的家在江南。美麗的江南。神話中的江南。唐詩裡的江南。多寺的江南。多亭的江南。多雨絲的江南。多垂柳的江南。多燕子的江南。多堤畔的江南。多溪流的江南。多橋棟的江南。多才子的江南。多佳人的江南。

一時只見家中各人的憂悶瘦弱的影子都浮現在我底眼前來了。他們可也會想起我。在今夜，在今夜的江南。在夜涼如水的江南。在想回也回不了去的江南。

夜涼如水。寒意重重。

在昏燈下，在淚盈於眶的當兒，我重讀文友君石寄自美國的詩歌。絃歌（原文刋於周報五四九期）——

拍掉你靴上的塵土　異鄉人
你的步履踏响如秋後的枯葉
你坐在長廊上醉看月色
風之笳來自西方
有穆穆晚鐘敲醒你的回憶
你很痴　撫琴又高歌
吟哦那月已西沉的故國——
那一塊土地　會被你輕視

下垂的輓帳

——悼詩人覃子豪

鏡响
聲韻竟是如許焦鬱　如許沉瘠
零時廿分
生命之列車終自淚眼與涕聲中
轟驟的駛向虛無的虛無　永恒之永恒
遙望
自此我們自困錮的象限內

A 海無帆
B 向日葵低首下垂
C 畫廊空寂冷瑟
D 藍星黯黯兮　一夜盡褪色

而晝將盡　而冬將臨
而我們將一無所有
際此詩壇零落時
際此植詩的人西去時

姿

（一簍晦色。一簍晦色）

猶之
不寐
睫睫　梗楞
再也　黏不起來
夢夢　成碎
再也　拚不還原

床　　喘息
於夜夜之擠壓下
枕　　喘息
　轉姿。。
　轉姿。。
（錯落孫山。錯落孫山）

灰色的前額

許定銘

風沙夜

劉　象

這兩晚的風刮得特別緊，而且也冷得蝕骨。

天一黑，風就來了，仍是那樣緊，那麼烈。風夾着沙直捲過來，還帶有海水，靠海傍的那面就成了泥濘地，船也隨着浪上下升降左搖右擺。海濤高得像座小山。老劉站在甲板上，好不難受，就算扶着船欄，也還不可以站穩。

上岸去。不管風迎面撲來，沙直朝鼻孔攢，海水往口裡竄，老劉只管傴僂着背，頂着風蹣跚地向前走。腦海裡可沒有片刻安寧過，凌亂的思緒和海水一樣嘩啦嘩啦的拍着岸。白天除了趕船的這裡就已少人行，現在更連影子也沒有另一只，老劉踏着自己的影子，轉過彎，一只喪家狗躺在牆脚痛苦而凄怨地叫兩下，使人毛骨悚然。老劉最可憐狗（有時候他懷疑自己是狗，任人欺侮。）要是他現在有一兩塊肉在手，他一定會抛過去。再換一個方向走，就看到斗大的一個酒字，老劉的精神爲之一振。

打半斤酒，要了兩斤牛肉，老劉坐在陰暗的角落裡獨酌。兩杯落肚，腦袋更亂。

（母親臨死時那蒼白貧血的臉，急促地喘氣。家玉被辱後一把刀就往自己胸口送。小牛被握着喉，兩眼突出，舌微微向外伸。一幅活生生的圖畫在杯裡旋轉。）

「媽的，我跟你拚了。」老劉狠狠的一拳打在枱上。胸口仍隱隱作痛，李文那下打得够勁，老劉永遠忘不了的。

「安靜點！」鄰座兩個憲兵向他盯了眼。

垂下頭。酒在旋轉，又陷入沉思。

（李文也眞忘恩負義，我一手把他撫育成人，想不到，想不到……唉！）

老劉喝了最後一口。

「老板，再來一斤。」他粗獷地喊。

圓圓的杯。酒。酒。酒將憂鬱分開，送一份給過去，留一份給現在。酒將痛苦分開，送一份給過去，留一份給現在。酒將家分開，留一份給過去，另一份那裡去了？酒將甜蜜分開，送一份給過去，另一份那裡去了？

（那晚。喝了兩杯，擺着腿回家吃團年飯。阿才沒有搖着尾巴迎我。一進門，在兩枝長槍和一枝左輪下他們把我縛了，李文狠狠的往我胸前撞了兩下，吐一口血。我與他何恨？家玉哭哭啼啼，衣衫不整跑過來。一把刀，一條命。呵，家玉躺下了。小牛躺在地上。突眼，吐舌。媽躺在床上，喘氣。李文，哈哈。咀嚼。阿才的大腿。「李文，畜牲。我……我……」「住口。」胸口吃了兩下。以後……）

「哈哈，我是善覇。」老劉狠狠地用杯擊着枱面。

「怎麼了？眞要把你抓上警署嗎？」憲兵作最後警告。

酒，酒將憂鬱凝結，塡滿了赤紅的心。

（于是，土改，坐牢，逃亡。五十度的天氣在海裡冷得牙關打戰。我自由了，但家呢？）

酒將痛苦和迷惘帶給這可憐的人。

那隻喪家狗，再叫一斤牛肉。

推開門，風刮得更緊。老劉一手拿着酒，一手端着牛肉，往海邊走。那隻狗不知那裡去了。驀地，老劉像失去什麼，腦子亂得團團轉。一股酒氣上升，老劉像呻吟似的哼起來——

——哼哼

角板山的姑娘呀！

讓我悄悄地告訴妳，

我不是沒有家的浪人，

我有我的家！

在那遙遠的平原的家喲。——

…………

老劉一只脚踏在跳板上，一隻脚却踏着空間——。
以後，沒有人再唱這首歌了！

異鄉人

那邊　有吹自故鄉的風
　　和流自那裡的水
這裡　有吉卜賽人舞躍
　　及猶太人在討飯
異鄉人
這會否激發你思鄉之情
來吧　異鄉人
　　且醉一宵

這兒有很美好的陳酒
　　家鄉的酒
有很好的音樂
　　牧童曲調
這裡　有吹自故鄉的風
　　和流自那裡的水
異鄉人
這會否激發你思鄉之情

塑像

劉象

只要妳不介意那掛滿憂鬱的小北窗，就望過來吧。

——雲鶴：笑語

那人死了。

我們給他劃像。

他是掛短髭的尋屍者和「食屍的人」。他慣于獨處。他不是中國風的奴隸也不是現代主義的盲目信徒，但他是食詩的人。他告訴我他是雲。

（那巫山的雲喲。）

（他數星，他售星，他在窗前以慾焚銀河系的星羣。）

他說有人以為雲是擁有快感的，然而他也告訴我一朵不會受風蹂躪且被囚困的雲是抑鬱的。所以他會攜帶他的眞誠到市場去兜售。往來的人雖多，但沒有人用暇去看他那顆眞誠的標價。那不是屍，不是詩，也不是星，也不是虹，而是一顆眞誠。一顆眞誠呵！多令人難以付出的價目？他討厭他們的市儈氣，直到那使假鈔的來了。她來，買去他的眞誠，用她部份汚濁而又再經漂白的貞操。他竟把他的眞誠偷走了，而他就哭泣過廿個世紀。自後，那一湖止水沒有風再起不了縐紋。每片落湖的浪枝蕩葉就足以刺傷那淌血的心。

（那焚星毀琴的浪子喲。）

（他數星，他在窗前以慾焚銀河系的星羣。）

那雲常以霧水把希冀寫在星上。他掉頭，我看到他眞誠的火燄暗淡了。他染有「瘂亞」的病症：在「深淵」之中，他說他是「異客」裡的陌生人。在等待着死神的降臨，但他又畏懼死的親吻，所以他走了。走到那只有他自己影子的地方去流自己的淚。當他見到他的星，一顆二顆三顆地遠去隱掉時，他就把淚珠串成花圈掛在自己的墳前。芳草萋萋，萋萋芳草。

（那雲散了。）

（他的靈魂仍在窗前以慾焚銀河系的星羣。）

我在他的遺書裡檢到商禽的那句：「長官，窗子太高了。」而在他的日記裡制寫着：「我逃避了獅子，却遇到了狗熊，回到屋裡把手放到牆上，竟被毒蛇咬傷。」

他是第一個知道地球是方形的人。

那人死了。隨着他的星隕落了。那食人的詩。

酸的紫葡萄

・（一）拾夢者

細菌在體內居留過期，腐蝕。而某種臭味，墮落。掛上塵網。

遂想及昨日撒種女孩的醜態，產自醜女孩的手的決不是芥子。

（妳去了，看不到妳坐的是什麽，但總是不祥的預兆。今天是黑色星期五呵，當心。蠅在腐化的軀體吐下牠剛嗅的妳的髮香。）

沉默了一代，好長的日子呵。

短髭變得又黑又粗且以幾何級數滋長繁殖。

直想着發言，聲帶却已沙啞。直想着過去，美夢却不前來。

拾夢已成了喝咖啡嗜好。

第一個夢，拾到的是妳。（血液倒流。）

第二個夢，拾到了維特。（維納斯呵。）

（從廢墟，從陋市。吾嘗拾過很多個美夢。如今，駐足愁城。駐足北極。駐足滄海。駐足抽屜。却想及園內景象，可荒涼否？）

（二）斷弦曲

七月。乞巧。

（而今夕，牛郎會織女于天橋。我將怎樣？）
一塊重鉛。壓着。心向下墮。
我的手，顫動。
結他。擺動。擺動。
（爬上每一座山。尋找每一條路。經過每一行小徑。跨過每一澗山溪。追隨所有的彩虹。——直到你找到你的夢。………）
而啞，跳着。久久不絕。久久不絕。
（因爲沒有人能找到他的夢。）
視線。朦朧。糢糊不淸。
鏘。啞斷了。
（夢已醒。一切憧憬成了泡沫。）
心，很重。
一塊鉛。壓着。壓着。
久久如是。久久如是。

（三）焚書節

在那裡的那裡留下什麼沒人知道。我却想起那是只貼地影子和我的焚書節。
你們來自各地却靜躺那兒的無種族歧見的精神使我想起崇拜與愚昧。
（林肯不是這樣死了嗎，你們這羣蠢貨。）
我遂閉上眼，讓靈魂跑到那世紀去，看到他們脫去衣跳裸體舞，而他們說這是文明。
你們還靜躺那裡等候什麼。昨日的風雪一定要再來。

（四）笑

他們在那裡向我作笑
曾告訴你的　這笑是一種召引
你就會迎上去

刎頸

（五）東方

且向東　把舵　秀秀　船長說　忘了買醉吧　想想
那年發霉的東
三天以來　船長的短髭一直濕着　而你把舵的手也
濕着
秀秀　今天是第四天了　船長
看　陸地　船長用拿酒瓶的左手說
秀秀　不是蜃樓　秀秀
綠的　綠的　綠的　綠的
在東方　很小綠色

三月裏的記憶

帶醉的日子有一個破碎的夢

三月
手握一束杜鵑
唔有故鄉的氣息
遂墮落記憶之空間

杜鵑紅了
撒她一把
于河面乃有孤伶之感
牧童的調子很柔和
有接近伊甸的成分

于是
三月過去
留下一個破碎的夢

遲暮

在鄉間。吃過晚飯天就黑得像倒翻了墨硯。

一組方程式。離開飯桌。然後躺在院子的帆布椅上。然後打屋前屋後走一遭。然後到書室去看書。

對大門的那棵木棉已接近暮年。一羣停駐的雀鳥飛去。一隻，兩隻，三隻。樹爲什麽仍孤立着？鳥爲什麽飛去？很偶然的雲和雲膠合而又分離。很偶然的河水滙合而又分離。蟬兒何必响着？天爲什麽黑着？月兒那裡去了。于是一陣子超速的心跳，于是雙手不安的碰撞，于是就生一點孤獨的趨向。

這晚景再沒有什麽可留戀的了。

走進書室，老三的影子斜倚在窗前。一尊二十多年前的彫塑。

老三，怎不和小倩到大樹脚去跑跑？

緊接的眉寫着：煩惱。

碰撞的手响着：矛盾。

爸，有點事跟你商量。

兩張臉在飯桌上的尷尬。和木棉。和雀鳥。和憂鬱。和超速的心跳。安樂椅向我招手，强作鎭靜，慣性的點上烟斗。我已有兩個經驗嘛，吐一口烟圈。指指對面的SOFA和老三。

什麽事？

哦。沉默，警告。（小說家矛盾。）

爸，我們打算搬出去。

怎麽？？？

我感到雙腿不受控制而猝然直立。及頹然曲跌。而聲帶寫上報告：你昨夜失眠，動脈似乎不安于室，向周壁的細胞抗議。

我兒，你眞要拋下我離去？前年是老大。去年是老二。我兒，你眞要讓我獨自消磨下半生？你的長兄們已令我傷心。而你仍要走他們的老路？……？？

血液是一條虫，是一條魚。來來。去去。

爸，你想想。小倩已經六歲啦。人家的孩子四歲就進學校了。爸，我們不能讓小倩犧牲，小倩要受教育。爸，總不能不讓小倩進學校呀！

我兒，你不可以教他嗎？我呢？我倆都是大學教授呵！

月亮出來了。星子們在窗外結集。夜，濃得憂鬱起來。

　　你先出去，讓我想想。

月是不是很高了？照着我的脚。

那年。我還是個中學生。滲入思想的不是花花綠綠，而是一遍翠綠的田野。不爲什麼的我喜愛了文學。不爲什麼的我悄悄走進沒有人願進的農學院。不爲什麼的我有一個默契。但學校却把我留下當助教。翠綠的田野跑得更遠了，而且也迷糊了。

月是不是還高呢？照着我的胸。

我不願再做教授了。如果你要注意外表就不能答覆學生們的難題。如果你要回答每個後進的難題就會被呼爲怪物。而且，歲月在臉上劃上十字。而且、第一個兒子當了助教。而且，翠綠的田野在向我擠眉。

月是不是很低了？我蒼白的鬢髮在月光裡迎風揚飄。

我感到已無能負荷田野工作，我感到不可再開墾另一塊新地了。這房子，唉！這房子換去我的歲月。

悄悄的離開書室，躺到院子的帆布椅上。夜涼飲我薄薄的衣襟。昔日堅實的肌肉已羞澀的互疊。老人斑是否在月下更明顯呢？

是的我已無能去開墾另一塊新地了。而且，孩子們有孩子們自己的理想。我絕不能自私的要留下他們，就讓孩子們去追求他們自己的理想吧！
月是不是更低了？我發見東方有白光躍上。
　　爸，昨夜我跟薇薇商量過決定留下來奉養你老人家。不。你們應該去的。外面的世界在等着你們。去追求你們自己的理想吧。別以爲我老了，就要避到田野裡去。這是我的理想，如今我該滿足了。去吧，孩子。只要你們閑時回來看我，我會很高興的。
老三。薇薇。小倩。向我揮手。和木棉。和雀鳥。
雀鳥爲什麼回來了？
木棉爲什麼仍立着？

突破的構成

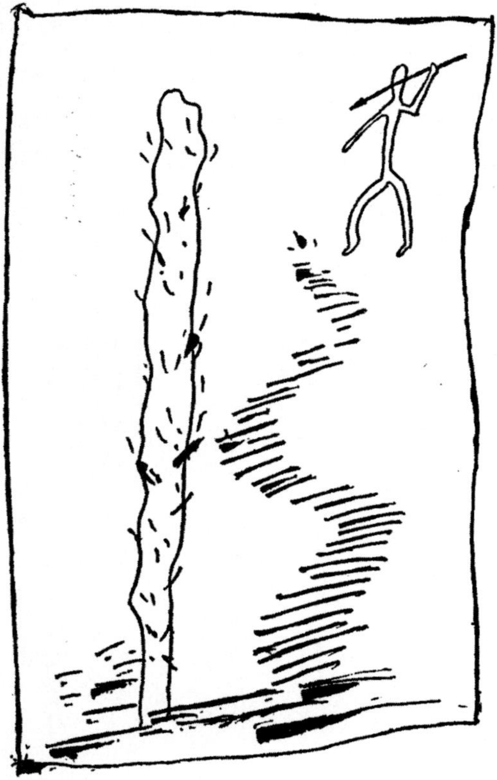

蘆葦

中站

十二時　烤熟的中站
雙軌垂直線擁接於　磨砂窗
外　長靴嚙了滿口大地
　故然——
嚥一口
　尼羅河在唇間溜進　又溜去
（該啖出那濃縮的屍骨味吧）
寂寞過整個上午
　而又寂寞過整個下午
與刺猬戀了　下巴呆着在打吨
出神的　遠景糊了
　睫間　一筆　一筆虹似的茫茫　睫間
而又一筆　一筆茫茫的

遠方　剝落　半牆
　班駁　牽上了午後的
老牛　低壓着
而又不爲什麽的窒息了
　故然——
長靴嚙了滿口大地
　烤熟的中站　癥結於
　　午後的
　　　遠
　　　　方

轉動的旋律

(一)春小調鳴奏

閏二月的號角吹响了
　摘下一瓣透香玫紅的薔薇
花瓣落入旋渦的溪水
始而小　再而大　更大
於是——
旋渦消失了
　玫紅的花瓣流去了
小樓上的人兒
妳還在昨春的樓上眺望嗎

(二)呼喝的叫聲

相見時難別亦難
東風無力百花殘
春蠶到死絲方盡
臘炬成灰淚始乾
——李商隱

像曠原上的不可收拾的野火
掠去了我的一切
揭走媚笑的面具
大地充塞着零下一百度之冰
於是——
　我顫抖
　我吐舌
我積存了一整季淹過伊甸園的淚珠

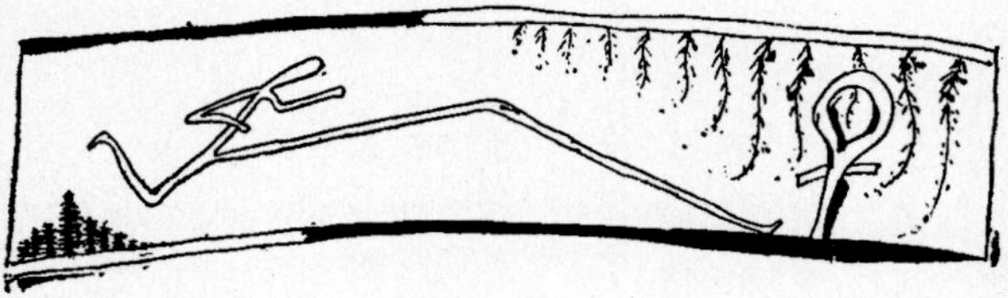

誥篇

吾爲民兮
於此
漠視前域
蓋其卜云
覃狀雲必降
於此
其爲君兮
於此
漠視前域
故其卜云
覃狀雲必降
於此

往耶　今耶　來耶
僉口
好戰
必殪
好戰
必殪
必殪
必殪
必殪
必殪
必殪

恙

無形　狂蜂襲到
　脊髓　六腑
喘息　冷焰撲到
　中樞　四肢
躍　動　的
　神經行將　扭　斷
漲　合　的
　肺葉缺能地　減速

紅血球　白血球
　甘作待決的戰囚
响往着
　喪樂　漸　次　高揚
　　高揚
　高揚
高揚

不平衡的透視

以無疚乞求大地
而展現其「非」形　赤裸之
胴體
而嘶啞　而抽攣
而嗚咽　而休眠
合夥者遂猛扯下
那綴目的下衣
愛乃漸成形
而〇度等溫綫且交

硬化　於此日曬日
有「披頭狂」高呼
HALLELUJAH
AH
YEAH
YEAH
YE
Y　亞門。

扎象

我
　失落
長尾鮫號
　伴幽魂巡梭於
極光於背後延展
　於背後　延展　於背後
延展　於背後　延展於
哪　長琦自毀容而飲泣
遂訴說昨日

他如何低唱
"Baby I don't care"
遂不禁俯嗅
　自齒間落下的一片
嚙碎的鴿屑自
　一個多輕盈　而又
而又冷穆
　的
冬　　日

兩季書

劉象

（A）春思

擷兩片黧黃的梧葉
如遵餒的禿枝伸抖然之手
披寒霜的僵死的纖維消失了
（生物書上曾這樣寫着）
隱約見嫩潤的芽葉
髣髴嗅着一絲一絲的春意
　窗外　昨夜
有晚過的旅人在談笑
（用諳熟的北方鄉音）
我意識地應和着
默默地　投寂寞以莫明的微笑

（B）秋語

一顆濕度百分之四的種子
由炙熱的溶爐滾出
睜眼看——
　有金黃的　金黃般的田疇
　有金黃的　金黃般的菊珠
孺子的牛笑了
斜斜的樹梢有欲墮的前奏
丹楓與火神共舞
相約今夜埋葬頹頹的綠州

葦邊吟

(甲)有星號的習題

濃霧中摸索的手
　不自覺地摸索着迷惘
踏上誤識的歧途
回憶走在前頭
再認匆忙從後
零露的迂迴
抵不了失去的一局
慶功宴上充滿了自然的競爭
殘酷的淘汰
黑夜又一次掛月桂冠

(乙)狩獵者

熟透的葡萄是待進的晚宴
待進的晚宴是誘人的使者
誘人的使者是舉火的巫師
舉火的巫師是揮斧的劊子
揮斧的劊子是現實的磨折
現實的磨折是揮斧的劊子
揮斧的劊子是舉火的巫師
舉火的巫師是誘人的使者
誘人的使者是待進的晚宴
待進的晚宴是熟透的葡萄
熟透的葡萄淹不盡我的心園
熟透的葡萄淹不盡我的心園

域外之徵

戮象

（一）

而　垂首　視
雨　往還
孔雀皇朝　午寐
呼吸　若被　窒息
呃咿　自此
上升
「科加士」　「伏特加」
「加特伏」　「士加科」
斷崖　切割　於舌
殘缺　多個

（二）

而
垂首
視
雨
往還
孔雀皇朝
午寐
呼吸
若被
窒息
呃咿
自此

夢　常折翼
而言
上帝已死

上升
「科加士」
「伏特加」
斷崖
切割
於舌
殘缺
多個
夢
常折翼
而言
上帝已死

後記

「戮象」是本集體創作的「散文、詩」集，亦是「藍馬」創社後第一個集子。這集子不一定編寫得很好，但我們已儘可能去做好點，這在各位看到「戮象」時自然會曉得，我們等候各位前輩嚴正的批評與指導。

我們是一羣剛離開中學的毛頭，竟妄想爬文學的階梯，或許我們確實依然幼稚，無知；但時間的培養會使我們成熟，練達。「戮象」在我們是一個開始，我們希冀着成功，爭取着成功。

因「戮象」是集體創作，所以筆調不是一致的，但各有各的特色。因我們是同一時代、相同環境中的青年，我們有相同的感受，肩負同樣的重擔；所以有一致的內容：表現時代賦予的苦悶，流露青年所特有的，對世界熱愛所產生的對現實不滿的情緒。

最後，多謝幫助、引領提携的先生們；向諄諄誘導的諸前輩及鄧于由先生，李啓東、江景尙、宗汝明諸君致衷心的謝意。

•六四年九月四日•

戳象

著作者：龍人・白勺・卡門・藕魂
易牧・許定銘・蘆葦
封面設計：李啓東・江景尚
封面題字：鄧于由・柔書
插圖：宗汝明・蘆葦
出版者：藍馬現代文學社
香港・九龍・蘇屋村彩雀樓一二〇八號
承印者：偉興印刷廠
九龍荔枝角道一二八號
發行者：藍馬現代文學社

中華民國五十三年十月初版
基價：港幣壹元捌角

復刻系列

戳象（復刻影印版）

作　者：龍人、白勺、卡門、羈魂、易牧、許定銘、蘆葦
責任編輯：黎漢傑
法律顧問：陳煦堂 律師

出　版：初文出版社有限公司
電郵：manuscriptpublish@gmail.com

印　刷：柯式印刷有限公司
香港北角屈臣道4-6號海景大廈B座605室
電話 (852) 2565-7887 傳真 (852) 2565-7838

發　行：香港聯合書刊物流有限公司
香港新界荃灣德士古道220-248號
荃灣工業中心16樓
電話 (852) 2150-2100 傳真 (852) 2407-3062

臺灣總經銷：貿騰發賣股份有限公司
地址：新北市中和區中正路880號14樓
電話：886-2-82275988 傳真：886-2-82275989
網址：www.namode.com

新加坡總經銷：新文潮出版社私人有限公司
地址：71 Geylang Lorong 23, WPS618 (Level 6), Singapore 388386
電話：（+65）8896 1946 電郵：contact@trendlitstore.com
網店：https://trendlitstore.com

版　次：2021年5月初版
國際書號：978-988-75149-7-8
定　價：港幣68元 新臺幣210元

Published and printed in Hong Kong

香港印刷及出版